ジャズ・エチカ

ジャズメガネの事件簿

渡辺康蔵
WATANABE KOZO

彩流社

目次

序章

　ジャズは解放への欲求に満ち溢れている。ジャズの歴史の中には、基本的なセオリーを無視して自由なスタイルで演奏しているアーティストが大勢いる。オーネット・コールマン、アルバート・アイラー、セシル・テイラー、エリック・ドルフィー。それぞれ音楽性は微妙に違う。混沌とした音の渦の中に身を委ねる者、コードを逸脱したり、戻ったりしながらアドリブする者。音列より幾何学的であることを優先する者。それらのジャズは自由な＝フリーなスタイル、つまりフリー・ジャズと呼ばれてきた。もちろん、スピリチュアルなものと関連しているものも多い。

　では自由な、とはなんだろう。哲学者スピノザの名著「エチカ」を自分なりにジャズと絡めて考察してみよう。

　スピノザの説く「エチカ」という哲学は本来は難しいが、乱暴にジャズと関連づけられる部分を述べると要点は次のようになる。

（1）神は無限大である。神のみが原因である。神は自然である。
（2）万物は有限であり、結果であり、神の中に存在し、神の表現を具現化する一部である。
（3）自由とは制限の中にあり、能動的＝自分を最大限に表現するものである。反対は強制で、他人を表現することである。
（4）スピノザのいう神はキリストのような具体的な人物ではなく、自然、もしくは宇宙のような存在であり、当時スピノザは無神論者と言われたほどであった。

乱暴な言い方で研究者の方々には顰蹙を買うだろうし、また的確ではないかもしれない。しかし、この前提の中でジャズ、特に「魂を解放するジャズ」を考察してみたい。

ジョン・コルトレーン。神に近づこうとして最後は聖者になりたい、と願ったコルトレーン。コルトレーンは努力の人だった。まずは楽器と仲良くなるために朝から晩まで練習をした。そしてアドリブに必要なスケールやコード・チェンジを生真面目に会得することにより、トップ・プレイヤーになった。その後からだ、彼の音楽が神への賛歌に変化していき、神が表現しているものを結果として表現するようになったのは。コルトレーンにとってもリスナーにとっても、それは崇高な音楽だった。そして、一九六四年に吹き込んだ『至上の愛』はジャズ史上、屈指の名盤となる。

コルトレーンは次第に神の領域に近づいていく。彼は聖者になりたくなっていた。その思いを

『神の園』『オム』などのアルバムで取り上げ、混沌とした世界をフリー・ジャズのスタイルで表現したが、それは危険な作業だったと言える。コルトレーンにとっての神はキリストだが、スピノザ的に言えば神は具体的な存在ではなく、自然であり、唯一の原因であるため、神を具体的に表現することは不可能だ。その無理が祟り、コルトレーンの寿命を縮めていく。ジョン・コルトレーンは自由を掴めなかったのだろう。そして、魂は完全に解放されることなく、この世を去ったのだと思う。

エリック・ドルフィー。彼の奏法は一聴すると、フリー・ジャズのようだが、チャーリー・パーカーを敬愛し、パーカー・フレーズを常にエクササイズしていた。跳躍のあるフレーズや鋭いタンギングは前衛的に聞こえるが、実際にはコードにこだわり、理論的にはあまり逸脱していない。彼は死に近づいた末期、フルート演奏で鳥の鳴き声を思わせる演奏をしている。ドルフィーは神に近づくというより、自然と同化して行く道も体現しようとしていたように思える。それもまた魂の解放の一つだろう。そういう意味ではオーネット・コールマンと組んでいたドン・チェリーも自然との融合、特にアフリカの自然との融合を目指していた。

アルバート・アイラーは神に近づくというよりは、神を祀る祭祀のような位置づけだったと思う。彼の生み出すメロディーやアドリブは葬送のメロディーだ。彼はあくまで地上で神を祀る。自らの魂を身体から絞り出すように歌い、呻き、葬送の儀式を音楽とした。結果、自らイースト・リヴァーに浮かんだ。

オーネット・コールマンは音楽の決め事を無視した。音楽への反逆は人間への反逆。その行為が自由だったのかは本人にしか分からない。ジャズ的な観点では無神論者。

チャーリー・ヘイデンやカーラ・ブレイはジャズを通して人民の解放を祈った。セシル・テイラーはヴェリー・クール。幾何学的なイメージの中に何かの解放を見出していたのだろうか。

多くのジャズメン、バッパーたちはビバップという型の中でアスリートのような音楽勝負をした。これは「魂の解放」とはまた別物かもしれない。その型を生み出したチャーリー・パーカーは別だが……。パーカーはモダンジャズ史においては原因そのものだったかもしれない存在だからだ。

多くのジャズ・ミュージシャンが差別からの解放、人間としての自由、自己の魂の解放を求めて戦ってきた。12の短篇ジャズ・ミステリーは全てジャズにおける「魂の解放」への讃歌だ。今、声高らかに言おう。

「至急魂を解放せよ！」

第一章　スノーフレイクス・アンド・サンシャイン（Snowflakes and Sunshine）

成瀬涼子。フレンチ・テイストのグリーンのボーダー・トレーナーにショート・パンツ。トレード・マークはメガネ。メガネは幾つかあって、この日は太い大きめの黒縁セルのものをかけている。小顔にかけたメガネの奥には切れ長の少し釣り上がり気味の眼が光る。自称、ジャズメガネ。涼子はジャズ・プレイヤー。アルト・サックスを吹く。インプロと呼ばれる即興演奏で、涼子のそれは時には凶暴ですらある。その、小柄な容姿とはおよそ似つかわしくない。そして彼女のキーワード、それは「至急、魂を解放せよ！」

宙を切り裂くような音が数人の観客に向けられた。普段は小さな静かなバーである「バー・タクロー」はライブがある日は凶暴な格闘技のリングのようになる。特に成瀬涼子のアルト・サックス・ソロ・ライブの時にはその凶暴さは半端ではない。涼子はカナ切り声のような高音を一音、窓ガラスが割れんばかりの爆音で吹きのばした後、そのループを続けたかと思うと、狂ったように指を動かし、少し厚めの唇からは涎が滴り落ちた。そして、ブレスの時に雄叫びを上げた。涼子はサックスを構えると、人が変わるのだ。

涼子は普段、下北沢にあるジャズ喫茶「天然の美」でバイトをしている。「天然の美」は珈琲を中心にジャズをレコードで聴かせる、三十年近くも前からある店だが、中古レコードも取り扱っているのでレコード・カタログにも造詣が深い。ただ、この店でバイトをしている時は演奏している時とは違って、とても静かな佇まいをしている。

「バー・タクロー」は涼子の大学時代のジャズ・サークルの先輩、山下拓郎が経営していて、三宿の交差点近くの古いビルの一角の四階にある。この店にはインプロといわれる即興音楽を演奏するアーティストが不定期に出演している。店のガラス窓はさっきまで夜景が見えていたが、涼子がかもし出す熱気で曇っていった。

涼子はどのくらい嵐のような演奏を続けただろうか。大きく息を吸い込むと甘美的なメロディを吹き始めた。それはオーネット・コールマンの〈ロンリー・ウーマン〉[1]だ。ゆったりとしたリズムで魂を込めて吹いていく。その美しい音色に観客は息を飲んだ。そしてメロディの終わりを長いロン

KOZO

グトーンで迎えるとマウスピースを唇から離した。そして、天井を仰いで穏やかに言った。

「至急、魂を解放せよ！」

「天然の美」のドアのノブには針が何本もある時計の手描きの絵札がかけられていた。エリック・ドルフィーの『アウト・トゥ・ランチ』(2)を真似て涼子が手描きしたものだ。少し外出しています、という意味なのだろうが、ドルフィー好きに準ずれば、「いつ帰るかわかりませんよ」というサインだ。

「天然の美」の階段を登ってきたのは世田谷警察署の刑事である相良明だった。相良は下北沢に住んでいて、よくここを訪れる。オーナーの坂田三郎と大好きなジャズ談義をするのが目的だったが、最近はバイトの涼子が目的に変わったようだ。相良はフリー・ジャズ好きで自分の名前を「アイラーと呼んでくれ」と友人に言うものの呼ばれたためしはない。相良はその時計の絵札に触れると階段を降りようと踵をかえした。その時、涼子が階段の下に現れた。

「すみません、開店するのが遅れてしまって。今、あけます……」

涼子は腕時計を見て、十一時を過ぎたのを確認すると、慌てて階段を駆け上がってきた。赤いダッフルコートが涼子は似合う。毛糸の白いニット帽子を取り、待っている人物の顔を見ると驚きの表情をみせた。

「あら、相良さん。どうしたんですか、こんなに早くに……」

「成瀬さん、ちょっとご相談がありまして……」

相良は長身の体を折ってお辞儀をした。相良はレイバンのセル・フレーム眼鏡をかけ、短い髪をきちんと整髪して、一見、エリート風だ。

涼子は時計の絵札を外して、ドアを開けると相良を中に入れる。相良はカウンターに腰をかけ、コーヒーをオーダーした。

「成瀬さんの好きなオーネット・コールマンについて教えていただけませんか？」

涼子はアルコール・ランプに火をつけながら、首をかしげた。

「いや……実は昨日から行方不明になったと思われる男性がいて、署にご家族が相談に来たのですが、その男性が消える前に彼のＰＣの画面に残されていたのが、オーネット・コールマンの『ゴールデン・サークル[3]』のアルバムの画像だったというんです。ミュージック・オンライン・サービス[4]のページだったようで」

「『ゴールデン・サークル』。第一集かしら、第二集かしら」

涼子はすぐさま、そう言った。

「そう、そのアルバムのジャケットの画像がＰＣに残されたまま、ミュージシャンの村上潤さんが消えたというのです」

「あのサックス・プレイヤーの村上潤さん？」

「村上さんは一九七〇年代からスタジオ・ミュージシャンの第一人者として、サックス・プレイヤーをはじめ、アレンジャーとしても活躍していました。学生時代はW大学のジャズ研究会にいて当時から有名なミュージシャンだったそうですね」

「ええ、お名前は知っています」

「娘さんが夕方に自宅に帰ってくると村上さんの姿が見当たらず、夜になっても帰らない。夜中にも連絡もない。携帯も繋がらないし、嫌な予感がすると娘さんが心配されてました。村上さんは普段ならばPCの電源を切り忘れることもなく、また、外出用の帽子もコートもないところをみると、突然昼頃どこかへ出かけたようなんですね」

「私にできることはなんでしょう?」

「成瀬さん、今から村上さんのご自宅に一緒に行っていただけませんでしょうか。彼のレコード・コレクションとか見てもらい、何かオーネット・コールマンと関わり合いがあることが分かるかもしれないので。お手数なのですが……」

涼子は困った顔をした。

「お店閉めなきゃならないじゃないですか……」

相良も困った顔をすると、階段を登ってくる足音が聞こえてくる。涼子にはその足音がすぐに分かった。オーナーの坂田三郎だ。

「行ってくればいいよ。店番は僕がするから……」

「坂田さん、今日はお早いですね……」

涼子はボソッと言った。

そこにいた小柄な男は耳当てのついた黒い帽子を脱ぐと坊主頭を撫でた。

「釣堀が寒くてね。ちょっとみぞれ混じりになってきたから、早々に引き上げて来ましたよ」

「坂田さん、お邪魔しています。行方不明の方の手がかりを調べに、少し成瀬さんをお借りしたいのですが……」

坂田は事情は詳しくは分からないものの、その動物的な勘で相良に頷いてみせた。相良は丁寧に頭を下げた。

「成瀬さん、一緒にお願いします。外は大分冷え込んできました。もし、村上さんが事故にでもあわれていたら、大変なことになりますから」

その言葉で涼子も決心した。

「わかりました。その前に『ゴールデン・サークル』の二枚のライナーにもう一度、目を通していきますね。何かヒントがあるかもしれません」

相良は運転してきた愛車の古いミニ・クーパーに涼子を乗せて、近くの太子堂に向かった。村上潤の家がある街だ。程なく到着すると、娘のリカが二人を出迎えた。リカは三十代半ば位で、色白で聡明な感じの美人だ。涼子の顔を見てちょっと驚きの表情を浮かべた。相良は警察手帳を出して挨拶をした。

「世田谷警察署の相良です。お父様の件ですが、ジャズに関わることが絡んでおりそうなのでジャズに詳しいこちらの方にご同行願いました」

涼子は落ち着いてお辞儀をした。

「成瀬といいます。突然、失礼します」

相良とともに応接間に通されると、リカがお茶の支度をしている間に応接間を見回した。リカが小学生の頃の家族三人の写真と奥さんだけの一人の写真が出窓に飾られている。村上潤の妻はどうやら亡くなっているようだ。ＣＤやレコードの類はこのリヴィングにはない。リカがお茶を運んで来た。

「昨日の夜、家に帰って来て、父の姿が見えないので近くに出かけているのかな、と思い、気に留めないでいたのですが、途中、父の部屋を覗いたところ、ＰＣの電源が入ったままでした。父はこまめにテレビやＰＣの電源は切る人なので、おかしいなと思って触れてみると、最近入れたミュージック・オンライン・サービスが立ち上がりました。画面にはレコードのジャケットが映し出されていまして……私はあんまりジャズは詳しくないのですが、オーネット・コールマンという人のアルバムだったようです。その後、携帯に電話しても連絡がつかず、一晩明けても帰ってこないので警察にご相談したのです。最近、手術しまして、まだ療養中で、外に夜出かけたことはないですし、持病の薬も持って行っていないようです。外は雪になりそうですし、事故でも起こしていたら、と心配になりまして……」

リカが事の次第を説明すると、相良と涼子は潤のPCを見せてもらうようにリカに頼んだ。リカは潤の部屋に二人を案内した。

涼子はPCの画面を呼び出した。オンライン・サービスの画面が現れる。画面いっぱいに広がるオーネット・コールマンの『ゴールデン・サークル』のジャケット。白い雪の上に並ぶ三人の男達が印象的だ。涼子はその音源をクリックしてみた。

オーネット・コールマンのサックスではないヴァイオリンのアヴァンギャルドな演奏が流れてくる。涼子は呟いた。

「第二集ね」

それは『ゴールデン・サークル』の第二集の一曲目〈スノーフレイクス・アンド・サンシャイン〉という曲だった。この曲ではオーネットはアルト・サックスを吹いていない。ヴァイオリンとトランペットに持ち替えているのだ。涼子は雪の荒野に三人がポーズをつけているジャケット写真をみつめた。向かって左がベーシストのデヴィッド・アイゼンソン、中央がオーネット、右がドラマーのチャールズ・モフェットだ。涼子はその映像を改めて頭に焼きつけた。

村上潤は一九六〇年代半ばにW大学に入り、モダン・ジャズの名門クラブに入部している。潤は学生ながら人気ピアニストのKのグループにアルト・サックス奏者として起用されていた。ところが、大学四年の時に突然、モダンジャズをやめてしまったというのだ。そして、しばらく音沙汰のないまま、スタジオ・ミュージシャンとして仕事を始め、その後、演奏にアレンジにと、売れっ子になった。学生時代のアヴァンギャルドな演奏はもはやその後、聴いた人は多分いない。

「リカさん、お父様のレコードやＣＤのコレクションはどちらに？」

リカは潤の部屋の外れにある扉を指差すと涼子と相良をそちらに案内した。

「この部屋に揃えていました」

リカが扉を開けると、そこには一面、棚が広がっていて、一部には多くのＣＤが収納されていたが、一部の棚は空っぽになっているのだ。

「ここには何が？」

「ここには父が大切にしていたレコードがあったのですが、入院する前に何かあるとレコードの始末もたいへんだから、と言って友人がやっているジャズ喫茶にすべて寄付してしまいましたの」

涼子は少し考えた。

「そのジャズ喫茶はどちらにあるのですか？」

「沼津です」

涼子は相良の顔をみた。そして、時計を見て呟いた。

（オーネットのレコードも多分、沼津。ここで部屋を徹底的に調べるか、沼津に行き、レコードを見てみるか）

涼子はしばらく考えて、相良に言った。

「相良さん、沼津まで行ってみませんか。オーネットのレコードもきっとそこにあるでしょうから、手がかりが何かあるかも。勘ですが、オーネットのレコードに何かあると思います。ここから東名にのれば、一時間半もあればつくでしょう?」


東名は思ったより空いていて、インターを降りて、沼津市の市街地に入った。沼津市を横切る狩野川にかかる橋のたもとにそのジャズ喫茶はあった。

黄色の店の看板には「ジャズ喫茶リバーサイド」とレトロな感じの文字で描かれていた。

涼子と相良はジャズ喫茶の古い扉を開いた。中からは大きな音量でアルバート・アイラーの〈ゴースト〉[5]が流れている。客は誰もいないようだ。相良はカウンターの奥に座っているマスターを見つけると手を振った。マスターはこちらに気付いたようで音量を絞った。

「すみません、先ほどお電話した相良です。こちらは成瀬さん、ジャズ・ミュージシャンです」

マスターは中島と名乗ると相良の名刺を受け取った。相良が微笑みながら言った。

「アイラーの〈ゴースト〉、爆音、素敵ですね。その名刺、見てください。サガラと書いてアイラーと読むんですよ」

涼子は少し苦笑いをしてみせて、店内のカウンターの奥にあるレコード棚に目をやった。

「マスター、村上潤さんのコレクション、こちらにありますよね?」

「あそこの端からこちらが村上さんのコーナーですよ」

涼子が答えた。

「『ゴールデン・サークル』のアルバムを見せていただけますか？」

二枚の同じデザインのアルバムを中島から受け取ると一枚ずつ吟味するようにそれらを見つめた。

「随分、綺麗な状態だわ……」

中島が言った。

「直輸入盤ですね。ブルーノートは昔、日本ではなかなか手に入りにくくて、一九六七年頃に東芝音工が直輸入盤を発売してから、手に入りやすくなったんです。『ゴールデン・サークル』のこのアルバムが『スイングジャーナル』のディスク大賞[6]金賞をとったのが、一九六七年度、第一回ですから、おそらくその頃の盤でしょう。村上さんが丁度、学生の頃じゃないですか……」

中島のウンチクも聞いていたら、きりがなさそうだ。相良はもう一枚のLPを手にとった。

「本当に綺麗だね。新品みたいだ。きっと大切にしていたんだろうな」

涼子は眼鏡の奥の目を閉じた。

「逆よ……」

「逆？」

「そう、きっと封印したのよ」

「封印？」

「この二枚は新品のよう。他のレコードはもっと汚れています。オーネットはお好きなようでしたから、このアルバムが嫌いな訳がない。とすると、相良さんがおっしゃるように大事にしていたか、というとそうでもないと思う。背回りが汚れているから、特別丁寧に保管していたわけではないようです。でも、表も裏も凄く綺麗な状態なのは他のアルバムと比べて圧倒的に聞かないまま、レコード棚にしまってあったからでしょうね。でも、オーネットが好きでこのアルバムを聞かなかったのには何か訳がありそうね」

涼子はレコード盤を取り出した。第一集の盤を検盤する様にA面、B面と繰り返し見た。

「やっぱり、あまり、聴いてないわ。状態が凄くいいわ」

中島が涼子に言った。

「かけましょうか?」

涼子から盤を受け取ると、左手に盤を載せ、右手でクリーナーを持って優しく拭いた。ターン・テーブルからは高い金属的なアルト・サックスと固いシンバルの音色が鳴り響く。〈フェイセス・アンド・プレイセス〉だ。

涼子はその音量の大きさと迫力にしばらく呆気にとられていたが、ふと我に帰り、第二集のアルバムに目をやった。ジャケットから盤を取り出そうとしたその時だった。内袋を取り出す時に中から一つの茶封筒がポロリと落ちた。涼子はそれを床から拾い上げると表と裏を確かめた。封は閉じられていなかった。封筒を覗き込んだ涼子は驚きの表情を見せた。そこには一枚の白黒の写真が入っていたのだ。

涼子はゆっくりとその写真を引き出すと、相良にもその写真をみせた。そこにはこの『ゴールデン・サークル』のジャケット写真と同じポーズをした三人が並んでいる。中央にいるのが若き日の村上潤。そして、その両脇はおそらくドラマーとベーシストだろう。同じように雪の上、周りを樹林に囲まれて、ポーズをとっている。三人とも、それぞれ似たような帽子をかぶり、潤のトレンチコートはオーネットと全く同じスタイルだ。

「学生時代の写真ですね。どこかしら?」

「雪があるし、北国だろうね」

涼子はメガネをぐっと押しつけて目を閉じた。そして、写真を裏返すとそこに鉛筆で書かれた文字を発見した。

〈Lake C–G, F.F. 1967〉

「これは多分、撮影した場所ね。やはり、一九六七年、中島さんの推理が当たったわ」

「Lakeって何処かの湖だよな」

「C–G……頭文字かしら?」

「そうだろう、普通に考えたら……」

相良はそういうと独り言のようにCのつく言葉を呪文のように呟やいている。

涼子は目を閉じたままだ。

「こんなに衣装を決めているんだし、東京からはそんなに遠くないんじゃないかしら」

「東京近郊でCがつく湖か」

「しかも、雪深く、深い森があるところ」

涼子はPCを取り出して、Googleで検索を始めた。東京を中心に湖を探していく。まずは北から降りて行こうと湖沼の名前一覧を検索してみた。Cの頭文字で、一番目についたのが、日光の中禅寺湖だった。

「日光の中禅寺湖……」

相良が得意そうに言った。

「そうだ、中禅寺湖。冬は雪も深いし、この写真のイメージに近い。ここで写真をとって、何かがあった……」

涼子は頷いた。

「そう、何かがあった……」

「そうだ、村上潤さんは中禅寺湖に出かけたんじゃないか！　昔の思い出に出会うために、突然……」

涼子は黙ったままだった。

「そうだ、日光近辺の署に連絡をとって、協力を依頼しよう」

涼子はまた検索のページに戻り、一九六七年の中禅寺湖で事件がなかったか、調べている。

「相良さん、中禅寺湖じゃないかも。C‒GとあるからCだけの頭文字じゃないだろうし、それに、このF.F.の意味が分からない」

相良は涼子の言葉を無視して、日光の管轄の署に電話を繋いでいた。涼子はGoogle Earthを動かしながら下の方面に降りて行き、芦ノ湖を通り、伊豆を調べ、富士五湖辺りを丁寧に移動している。

「山中湖、河口湖……」

「Cのつく湖はこの辺りにはないね……」

相良は呟いた。涼子は富士五湖で止めるとある場所をズームアップした。そこには、青木ヶ原樹海という地域が広がっている。

「この樹海……」

涼子はそう言って、その近辺を調べ始めた。西湖、精進湖、本栖湖と富士五湖が並んでいる。

「富士五湖。でも、Cのつく湖はない……」

相良は電話口を手でふさぐと涼子に言った。

「中禅寺湖に今、捜索の手配をしている。中禅寺湖周りで場所を特定する手がかりを探して下さい」

涼子はその言葉を無視すると、ふと思いついたようにメガネを上げた。

「相良さん、みてくださいよ、ここ。富岳風穴とあります青木ヶ原樹海の真っ只中。イニシャル、F.F.ですよ」

「富岳風穴？　でも、そのイニシャルは同じでも、富士五湖にはCのつく湖はない。中禅寺湖に間違いないですよ」

涼子は自分の勘に忠実だ。

「Cってジャズ用語では数字の1っていう意味ですよね。千円をC千とか言いますよね」

ジャズ用語で数字は音階をもじって、1、2、3をC、D、Eという。ミュージシャンたちの一種の隠語[7]だ。

「数字？」

「つまり、C–Gは数字の1から5。Lake C–Gは1から5。富士五湖っていう意味です」

そういって、涼子はまた西湖のあたりをズームした。

「そう、イニシャルF.F.は富岳風穴。そして、富士五湖に広がる青木ヶ原樹海の中で撮影した……」

「何かがあったはず。キーワードは一九六七年、青木ヶ原樹海、村上潤、あとは……」

*

〈一九六七年十二月〉

「みんな、明日、バンドの決め写真を撮りにいかないか？」

村上潤はバンドのメンバーであるドラマーの吉田とベーシストの鈴木に提案した。

「この前、直輸入盤で出た『ゴールデン・サークルのオーネット・コールマン』、あるだろう。あれと同じサウンドのバンドを俺たち三人でこれからやるんだ。キレとビートのあるフリー・ジャズだよ。もう、コードとかにとらわれるのは時代遅れなんだよ。そして、このジャケット写真と同じ写真を撮るのさ」

そう言って、潤は『ゴールデン・サークル』のアルバム・ジャケットを二人に見せた。白い雪の上にポーズをつけて並ぶ三人のジャズメン。奥には枯れた樹木が背景を飾っている。

「こんな写真、どこで撮るんだよ?」

「昨日、少し雪が降っただろう。多分、富士山方面に行けば雪はたっぷりあるよ。親父の車を借りていけばすぐさ」

潤は翌日、父親のトヨタ・パブリカを大学の正門前につけ、二人を拾った。澄み渡った空が大学のキャンパスの上に広がっていた。車は青山通りを抜け、国道246号を真っ直ぐに飛ばしていく。潤は籠坂峠を下りながら、オーネットの『ゴールデン・サークル』の〈ヨーロピアン・エコーズ〉を口笛で吹いていた。

「どこに向かってるんだ、俺たち?」

「樹海さ。青木ヶ原樹海。あの、自殺の名所」

「青木ヶ原樹海って、危ないんじゃないか。一度入ると出られなくなるとか、聞いたことあるぜ」

「大丈夫、ちゃんと分かる場所があるから」

潤の車は河口湖を越え、西湖の標識のある方向へ向かった。

「もう少しで着くぞ」

フロント・ガラスにみぞれ混じりの水滴が少し落ちたかと思うと、今度は太陽が雲の隙間から顔を出した。

「まさに〈スノーフレイクス・アンド・サンシャイン〉だな」

潤がそう言うと、巨大な富士山の頭だけが厚い雲の上から顔を出した。


道の先に建物が見えている。

「あそこで降りるぞ」

鈴木と吉田が窓を開けて顔を出した。

潤は富岳風穴と書かれた看板のある駐車場のはずれの空き地に車を止める。

「降りるぞ。みんな、コートと帽子を持ってくれよ……」

「この先に遊歩道がある」

樹海は鬱蒼としているという程でもなく、遊歩道のように整備されているが、午後の光は既に弱く、人気もない空気が一層冷たく感じられる。

「潤、早く撮って帰ろう、寒いぜ」

鈴木がそう言うと、潤は手に息を吹きかけた。

「しかし、こんな遊歩道じゃ、雰囲気が出ないだろう。もう少しいってみよう。まだ、日が暮れるまでには時間もある」

潤は足早に奥に入って行く。周りの景色は変わらない。

「おい、このままじゃ、景色が変わらないからちょっと左に折れてみようぜ」

そこには立ち入り禁止の札が立てかけてある。

「そっちは危険じゃないか」

「白骨死体があるかも……」

鈴木と吉田は気乗りのしない声を出した。

「大丈夫、目印をつけながらちょっと奥にいくだけさ。意気地なしだな、お前ら」

二人は潤の言葉に顔を見合わせ、次の言葉も出さずに潤に続いて行った。

その時、潤は一筋の太陽の光が当たる雪の積もる広場のような場所を遠目に見つけた。

「あそこがいい。あそこで撮影しよう」

三人はその陽の当たる場所に向かって急いだ。思ったより遠い。

「早くしないと陽がかげるぞ、急げ」

三人は足場の悪いところを走りぬけた。

「よし、間に合った」

潤はカメラと三脚をセットし、二人に陽の当たる辺りに並ぶよう指示をした。そうして、オリンパス・ペンＥＥＤの絞りを決めるとセルフ・タイマーの準備をした。

「いくぞ、いいか、『ゴールデン・サークル』の気分で！」

三人に太陽の光がスポットライトのように差し込んだ。そして、得意満面の三人の表情。カチッとシャッターの切れる音がした。


数枚の写真を撮った後に、いきなり陽の光が雲に遮られた。すると、辺りはいきなり薄暮のようになってきた。

「戻らないと日が沈むぞ」

鈴木が不安そうな声を出した。

「潤、帰り道は大丈夫か？」

「ああ、三脚を立てた方向から真っ直ぐ来たから、この方向にそのまま戻れば遊歩道だ」

潤は三脚の向こうの雪の上の足跡を確認した。

「こっちだぞ」

潤は先導する。しかし、山の日没は早い。すっかり辺りは薄暗くなってきた。

その時、潤は突然立ち止まった。

「足跡がない……」

「方向を間違えたか？」

吉田が聞いた。

「しまったな。元の場所に戻ろう」

三人はそのまま、ゆっくりと回転してから歩き出した。今度は吉田が不安そうな声をあげた。

「違う、こっちじゃない……」

「迷ったな、俺たち……」

潤は思い当たる道筋をもう一度整理していたが、ふと気づくと吉田の姿がない。

「鈴木、吉田がいないぞ……」

「吉田が……」

「そういえば、あいつ、さっき何かを思い出したそぶりをして、ふらりと動いたような気がしたな」

潤と鈴木は吉田の名前を大きい声で呼んだ。

「まだ、何分も経っていないだろ。大声で叫べば、戻ってくるさ」

二人は大声で吉田の名前を呼び続けた。しかし、吉田は戻って来ない。そうこうしているうちに完全に辺りは闇に包まれてしまった。

潤は舶来品のジッポーのライターを暗闇に灯した。

「やばいことになったな。動いたら、俺たちも吉田も完全に迷子になる。寒さをしのげる場所を探して、朝になるのを待とう」

二人は風の来ない場所を見つけ、夜中に備えて、辺りの枝を集めた。時間はなかなか過ぎなかったが、吉田がこの場所に現れることはなかった……。

＊

涼子はその白黒写真をじっと見た。樹海の広場のような所で一筋の光が照らされて笑っている三人の青年たち。青春の一コマのようだが、何かがあったに違いない。涼子は先ほど入力したキーワードに次々とキーワードを追加していった。すると、富岳風穴についての匿名掲示板にスタジオ・ミュージシャン、村上潤が青木ヶ原樹海で遭難し、仲間が一人事故死したという古い書き込みをみつけた。

涼子は息を飲んだ。

「これだわ。これに絶対関係ある……相良さん、すみませんが、警察に電話して、一九六七年の冬、雪が降る頃、富士山の青木ヶ原樹海で事故死の事件があったか、大至急調べていただけますか。後、もしあったならば、その場所の特定をお願いします。それから、中禅寺湖の捜索協力は取り止めの連絡をして、富岳風穴辺りの青木ヶ原樹海に捜索の要請をお願いします」

相良は手にしていた『ゴールデン・サークル』のＬＰをカウンターの上に置いて携帯を手にした。

「成瀬さん、本当に富士五湖方面に切り替えていいのですね？」

相良は念を押した。

「詳しくは車の中で。相良さん、今何時ですか？」

相良は腕時計をみた。

「もうすぐ三時半ですね」

涼子は舌打ちをした。

「時間がない。とにかく富岳風穴に向かいましょう。もう完全に暗くなってしまいます」

相良と涼子はミニ・クーパーに乗り込んだ。

「成瀬さん、村上さんは青木ヶ原樹海に行ったってことですか？」

しばらくして、相良の携帯に電話がかかってきた。相良は今からしゃべることをメモするように涼子に伝えた。涼子は携帯のメモの画面を選んだ。

「一九六七年、十二月×日、富士山麓の青木ヶ原樹海、西湖よりの樹海でＷ大の学生三名が遭難。一名が事故にて死亡、残り二名は自力で西湖湖畔にたどり着き救助。立ち入り禁止区域に入り込み、戻れなくなった……」

「相良さん、その遭難地点に捜索隊を大至急派遣して下さい。潤さんはその近くにいるはずです」

「その近くに？」

「そうです。つまりこういうことです……」

涼子はメガネを少し上げて、言葉を一つひとつ確認するように発した。

「村上潤さんは昔、仲間と写真を撮ったあの場所にでかけた。潤さんは学生時代の一九六七年、『ゴールデン・サークルのオーネット・コールマン・トリオ』のジャケット写真を真似ようと写真を撮りに出掛けたのです。潤さんの運転する車に乗って、富士山の青木ヶ原樹海まで……しかもわざわざ雪の日を選んで。そして、樹海の奥深くに迷い込んでしまった。潤さんと鈴木さんは一緒だったけど、吉田さんとは途中ではぐれてしまった。そのうち、日も暮れて、潤さんと鈴木さんは出口にたどり着けず、一夜を明かすことになったのでしょう。火を起こしたりして、夜明けを迎え、何とか山道に巡り会い西湖に出て、二人は命拾いしました。でも、吉田さんは抜け出していなかった。潤さんは捜索願をだし、二日間探したが吉田さんは沢で足を滑らしたようで頭を打って亡骸で発見されました。潤さんと鈴木さんはそのことをきっと思い出したくはなかった。『ゴールデン・サークル』のレコードはそれ以来、聴いていなかっただろうし、樹海に向かった日の写真もあの一枚を除いて全て処分したかと思います。潤さんは音楽の方向性をかえ、鈴木さんもモダンジャズから足を洗います。潤さんはその後、売れっ子のスタジオ・ミュージシャンとして改めてまた活躍しているのはご存知の通りです。

今年になって、潤さんの入院をきっかけに家のアナログ・レコードを処分することになり、沼津にあるジャズ喫茶に寄付することにしました。退院した潤さんは家からなくなったLPのことを思い出し、ふとネットのオンライン・サービスで『ゴールデン・サークル』を聴く。すると衝動的に、突然、出かけたものの翌朝になっても戻らなかった。潤さんは今、青木ヶ原樹海にいる。吉田さんにもう一度会いに……それが、自分とのお別れを意味するのか、それはわかりません……」

相良が捜索隊の準備が出来た、との連絡がきたと涼子に伝えた。

「今、探せば間に合うわ。二日目の夜中に入ると危険……私たちも急ぎましょう」

相良は御殿場のインターチェンジを降りると、右に折れた。


自衛隊の入り口を経て、須走を超えると有料道路に入る。今はこの道を通れば山中湖まで三十分かからない。その先の河口湖も程ないが、昔は138号を越えなければならなかった。冬の光はもうほとんど山の後ろに消えかかってきた。相良が携帯をとった。

「成瀬さん、捜索隊は青木ヶ原樹海に入ったようです。ただ、あと、もう少しで完全に暗くなり、そうなると引き上げざるを得ないかもしれません」

「今夜の冷えは相当厳しいものになるかと思います。もし、遭難していたら、もたないかもしれません」

涼子はふと考えた。そして、iPhoneからYouTubeを起動させた。

「相良さん、このオーネット・コールマンのYouTubeのURLを現地の人に送ります。PC、タブレット、スマホ持っている人なら誰でも……」

「どうしようというんですか？」

「これをネットで繋がる所で録音して貰い、その音を大音量で鳴らすんです。生きていれば、きっと気づきます」

「分かった。待機しているものに連絡をとってみよう」

相良と涼子は富岳風穴の入り口に着いた。もう、すっかり日は暮れたが、捜索隊の明かりが樹海に向かって、照らされている。

捜索隊の一人が相良に敬礼をした。

「只今、樹海、遊歩道に照明をつけながら数名で捜索にあたっていますが、奥までは行けそうにはありません」

相良は黙って頷いた。

「潤さんは本当は写真を撮った場所まで行きたかったと思いますが、そう遠くには行けていないでしょう……先ほどの音源は鳴らしていますか？」

「はい、一名が拡声器を使い鳴らしています」

そういえば、かすかにオーネットの〈ヨーロピアン・エコーズ〉のメロディが聞こえてくる。涼子は自分のスマホでも鳴らしてみた。オーネットの鋭い音色が三拍子を奏でる。チャールズ・モフェットの歓喜溢れるリズム。デヴィッド・アイゼンソンの知的なベース。涼子はそのメロディを口ずさんだ。

樹海の奥の方が騒がしくなっているのが聞こえる。相良と涼子は懐中電灯を持って、入り口を少し奥の方に入っていった。奥から一人照明を持った男が息を切らしている。

「救急車の手配を……」

涼子が尋ねた。

「見つかったんですか、村上さん」

「遊歩道を外れて程ないところで倒れていました。足を怪我していて動けない様子でした。だいぶ、衰弱していますが生きています」

相良と涼子は顔を見合わせた。

「良かった。救急車を呼びましょう」

相良はそういうと携帯が繋がる入り口に戻った。


しばらくすると、捜索隊の二人に抱きかかえられた村上潤が現れた。オーネットのようなトレンチコートを着て、帽子を被っている。

涼子は潤の冷え切った手をとった。

「村上さん、リカさんが心配していますよ。無事で良かった。生き抜いて下さい!」

村上潤は富士吉田の病院に担ぎこまれた。寒さのため、体は衰弱しているが、命には別条がないということだ。

しばらくすると娘のリカが到着した。リカは長い髪をかきあげて、深いお辞儀をした。

「本当にありがとうございました。この寒さの中、深夜に入ったら命はなかったかと……」

「本当に良かったです。お父様、足を岩場に取られ、骨折されて動けなかったようでした」

「父は自殺しようとしたのでしょうか?」

涼子は少し考えていたが答えた。

「それはないと思います。オーネットの曲が聞こえて、大きな声で助けを求めてきたのですから……吉田さんに会いに行ったのですよ、きっと」

リカは安堵の表情を見せた。

涼子は村上潤の失踪を一日で解決した。深夜には東京に戻って「バー・タクロー」に顔を出した。

「何だか、ひどくお疲れのようだね」

「長い一日だったの。ちょっと吹いてもいい?」

「勿論」

涼子はカウンターの中に置いてあるアルト・サックスを取り出して組み立てた。そして、マウスピースを口に加える。

しばらくの間、涼子は音を出さずに目を閉じていた。村上潤のことを考えていたのだろうか。

涼子は突然、長いロングトーンをノン・ブレスで奏でた。続く、不気味なスケール。不気味なのだが、どこか女性の香りを漂わせるところが涼子の特徴だ。

突然、鋭角的なワルツが奏でられた。今日の事件の決め手となったオーネット・コールマンの〈ヨーロピアン・エコーズ〉だ。そのメロディは繰り返されて、狂ったように次第に速くなっていく。涼子は通り雨のようなエンディングでその演奏を締めた。

そして、マウスピースをしばらく加えたまま動かなかったが、拓郎の拍手で我に帰るとマウスピースを口から離した。

涼子は天井を仰いで呟いた。

「至急、魂を解放せよ……」

Jazz Detective, Ryoko Naruse's mysterious Jazz Megané diary-Snowflakes and Sunshine

［エチカ1］　能動的な音の追求者

オーネット・コールマンはジャズのセオリーを無視した。ビバップに内在したコードの積み重ね、コード進行、小節数、キーの設定。オーネットが現れるまでクラシック音楽の決め事のようにジャズにも当てはめられていた音楽の要素を彼は徹底的に無視したのだ。破壊したのではない。無視だ。もしくは音楽の要素全てを肯定したのかもしれない。彼が人前で演奏を始めた時、多くのベテラン・ミュージシャンや評論家はペテン師と罵った。しかし、オーネットが紡ぎ出す自由なメロディーに好感を持った人達は素直に彼を受け入れた。それは西洋音楽の縛りをほどいた新しいジャズと位置づけられたのだが、逆に言えば楽典的裏付けの無さが保守的なリスナーに不安をもたらしたことは間違いない。オーネットはこの音楽的根拠をハーモロディック理論と名付けていたが、内容は不可解である。ハーモロディックは複数の移調楽器が同じ運指で演奏したり、違ったメロディーやリズムを同時に演奏することが可能で、全てのキーを自由に行き来できる、という制約の無さが骨子なのだろうか。他人から見れば、これは自由な視点から捉えた音楽に聞こえるのだろうが、彼はこれをフリーと言わず、ハーモロディックと呼んでいた。彼は自分のドキュメンタリー映像の中でこのようにも言っている。「男にとって大切なのは、そいつの誠実さや哲学じゃない。自分の好きなようにやって、それがそいつのやり方だと、人に納得させる事だ。」ハーモロディックを言葉で表現すれば、こういう事なのだろう。

オーネットは『フリー・ジャズ』という直球のタイトルのアルバムを一九六〇年、アトランティック・レーベルに録音した。ネスヒ・アーティガン、ジョン・ルイスらの理解者も多かったので企画は可能になった。当時、やはり前衛的な奏法で注目されていたエリック・ドルフィーのグループを右チャンネル、そして盟友ドン・チェリーと組んだ自分のグループを左チャンネルに据え、同時に演奏するダブル・カルテットを録音した。今、聴くと決め事のアンサンブルも随所に出て来て混沌という域の音楽ではない。互いが良く相手を聞いて演奏する優良な音楽だ。コルトレーンが神の領域に入って行きたくて混沌の宇宙に音楽を突入させたのとは異なり、神＝原因など気にせず、音楽を能動的に楽しむオーネットの音楽性が良く現れた一枚となった。オーネットは後にプライム・タイムというユニットを結成し、リズムにファンクやアフリカン・リズムを取り入れ、土着でカラフルなサウンドを際立たせていく。一方、初期の相棒、トランペットのドン・チェリーもアフリカンで大地や宇宙を思わせる自然志向のジャズを確立して行く。

オーネットには詩人のジェイン・コルテスという妻がいた。苦しい時に支えてくれた女性だったようだが、オーネットが経済的に貧しい状況の中、別れている。オーネットは先にも書いたドキュメンタリー映像の中で独白していた。「これまでの人生で思い出せる挫折はすべて自分の性生活か、人種か、音楽に関係してる」と。二人の私生活が音楽にどんな影響を与えたかは知る由もないが、二人の間に生まれた息子、デナードの存在、そしてデナードが母のために一九九六年にプロデュースしたアルバム『トーキング・ザ・ブルース・バック・ホーム』などを聞くと、我々の知らないオーネットの過去の私生活にも彼の音楽の謎を解き明かす何かがあるのではないか、と想像してしまう。

註

(1) ロンリー・ウーマン
オーネットが一九五九年にアトランティック・レーベルに吹き込んだアルバム『ジャズ来るべきもの』に収録されているバラード曲。相棒のドン・チェリーと2ホーン、ピアノレスで吹き込んだ。ドン・チェリーのコルネットと奏でる、もの悲しいメロディーは微妙にズレたユニゾンと無調的なサウンドで魂を揺さぶる。オーネットを支持したMJQもカヴァー、クリス・コナーも歌詞をつけて歌っている。オーネット・コールマン(as)ドン・チェリー(cor)チャーリー・ヘイデン(b)ビリー・ヒギンズ(ds)

(2) アウト・トゥ・ランチ
エリック・ドルフィー(as)がブルーノートに残した最後のアメリカ録音。ドラムスに当時の新鋭トニー・ウィリアムスを起用し、リズムでも自由に展開した。何時を指しているか分からない時計のジャケットがミステリアス。ドルフィーはオーネット・コールマンと『フリー・ジャズ』という歴史的な名盤も残した。このアルバムはダブル・カルテットという前代未聞の編成で、オーネットのカルテットとドルフィーのカルテットが左右両チャンネルに分かれ、それぞれ自由な演奏を繰り広げた。

(3) ゴールデン・サークルのオーネット・コールマン
オーネットのブルーノートでの代表作の一つ。ストックホルムのジャズ・クラブ「ゴールデン・サークル」でのライヴ録音。雪の上でのスリー・ショットはスタイリッシュ。第一集、第二集とあり、第二集ではトランペットとヴァイオリンも演奏している。和音楽器抜きの編成でオーネットはアルト・サックスで自由にフレーズを展開するが、その音色はあまりにもブリリアントで艶やか。オーネット・コールマン(as, tp, vln)デヴィッド・アイゼンソン(b)チャールズ・モフェット(ds)

（4）ミュージック・オンライン・サービス
音楽ストリーミング・サービス。日本では二〇〇六年にNapster Japanがサービスを開始。二〇一五年にApple Music、二〇一六年にSpotifyがサービスを開始した。

（5）アルバート・アイラーのゴースト
アルバート・アイラーは一九六〇年代のフリー・ジャズを代表するテナー・サックス奏者。魂を絞り出すような音色とビブラートは葬送のためのシンプルなメロディーに良く似合う。〈ゴースト〉は一九六四年にピアノレスのトリオで録音した『スピリチュアル・ユニティー』に収録された。ゴスペルのようにスピリチュアルなアイラーの代表曲。アイラーは当初はジョン・コルトレーンに影響されていたが、最後はコルトレーンにも影響を与えるほどの存在になる。コルトレーンの葬儀でも追悼演奏をした。一九七〇年十一月二十五日自ら命を絶ったと推定され、イースト・リヴァーに遺体が浮かぶ。

アルバート・アイラー(ts)ゲイリー・ピーコック(b)サニー・マレイ(ds)

（6）『スイングジャーナル』ジャズ・ディスク大賞
ジャズ専門誌『スイングジャーナル』が一年間で発売されたアルバムを批評家によりベスト・アルバムを選出した。第一回は一九六七年度を対象に選出。金賞『ゴールデン・サークルのオーネット・コールマン Vol.1』銀賞『エクスプレッションン／ジョン・コルトレーン』日本ジャズ賞『イベリアン・ワルツ／渡辺貞夫&チャーリー・マリアーノ』。二〇一〇年のスイングジャーナル休刊にともない選出もなくなった。

（7）ミュージシャンたちの隠語
ミュージシャンたちには隠語がたくさんある。代表的なのは数字を音で表すもの。ドレミファはCDEFなので千円はC千。二万円はD万。その他、逆さ言葉というのもポピュラー。コーヒーはヒーコ。ジャズはズージャなど。

第二章　エトランゼたち　(Les Étrangers)

成瀬涼子はこの季節の店番が苦手だ。徐々に湿ってくる空気にエアコンを入れたいのだが、この店のオーナーの坂田三郎が大のエアコン嫌いときている。坂田は真夏日を超える日しか、エアコンを入れることを許さない。それ以外は扇風機を回すのが精一杯で、梅雨入りしたくらいの湿気では我慢するしかなかった。お客にもその旨は張り紙をして伝えている。下北沢のこの店ではその覚悟で来る者しか常連にはなれないのだ。そんな六月の半ばの日、リクエストが入った。プレスティッジ[1]の『エリック・ドルフィーのファイヴ・スポットの第二集』だ。B面を占める〈ライク・サムワン・イン・ラヴ[2]〉には梅雨のような湿気が漂っていると涼子はいつも感じていた。マル・ウォルドロン[3]のイントロに続いて、ブッカー・リトルのトランペットとドルフィーのフルートによるルバートが始まると、ファイヴ・スポット[4]の噎せ返るような空気が亡霊のように一気に甦ってくるのだ。煙草の煙が汗ばんだ腕に絡みついてくるような湿り気を帯びたブッカー・リトルの音色。調律の狂ったピアノは不思議な悪夢のように浮遊する。ドルフィーのフルートの間をじとりとすり抜けようとするリトル。すべてが真夏の夜の夢ならぬ、梅雨の夜の夢だ。

涼子はジャズメガネという愛称で活動をしているインプロヴァイザーだ。ドルフィーと同じアルト・サックスを吹く。その演奏は艶やかにして、凶暴。トレード・マークの鯖江ブランドの眼鏡と赤と青のストライプのTシャツ、デニムのショート・パンツから伸びた細い脚。そのキュートさからは想像もつかない激しい即興演奏が涼子の音楽だ。

ここ、ジャズ喫茶「天然の美[5]」は喫茶の他に古レコード、古本も販売している。涼子はドルフィーを聴きながら、販売している古いジャズ雑誌を手にとった。一九六一年の発行だった。何気にページをめくってみる。巻頭のインタヴュー・ページは「日本ジャズ界の新星、柳田昌也」とある。フリー・ジャズ[6]のカリスマとして今でも信奉者が多いギタリストだったが、確かつい先日亡くなった方、と涼子は思った。柳田は元々バーニー・ケッセルのような正統派のギタリストだったが、この頃からノイズを爆音で鳴らすインプロヴィゼーションの始祖として、ジャズ界に賛否両論を呼んでいたのだ。そして、ページをまためくっていくと読者の投稿欄があった。当時は個人情報もあったものではない。投稿者の家の住所や電話番号がそのまま載せてある。興味深く読んでいると、22歳と書かれた女性の投稿があった。

「ジャズ初心者です。エリック・ドルフィーというサックス奏者に興味があります。何でも良いのでレコードを譲ってください。価格要相談」

KOZO

涼子はくすりと笑った。

ドアを開ける音がした。涼子は本を置いてドアを閉める人影の方に目をやると、メニューを手にした。女性だった。涼子と同じようにセルの眼鏡をかけ、シンプルな白いワンピースを着た聡明そうな美人だった。アラフォー世代だろうか。眼鏡の奥の一重まぶたが涼しげだ。涼子はその女性を窓際の席に案内した。メニューを手渡すと涼子は訊いた。

「蒸し暑いでしょう?」

その女性はゆっくりと首を横に振った。

「すみません、うちの店、真夏日以外はエアコンを入れないんです。オーナーが頑固で……」

そう言いながら、涼子は壁の張り紙を指差した。女性は首を縦に降った。

「あの、恐れ入りますが、成瀬さんという方、ここにいらっしゃいますか?」

「私が成瀬ですが……」

「あ、突然、すみません。私、柳田と申します。あの、是非とも成瀬さんにお会いしたくて……」

涼子はこの人何なんだろう、と思いながら、はっとした。

「柳田さん?」

涼子はカウンターの奥に戻って、先ほどのジャズ雑誌を手にして引き返して来た。

「もしかして、この柳田さんとは関係ないですよね?」

涼子は雑誌を開いて柳田と名乗る女性に差し出した。彼女は頷いた。涼子はまた、驚きの表情をみせた。

「本当ですか！　今、これを読んでいたところなんです。奇遇ですね……でもなぜ私に？」

「成瀬さん、突然すみません。私は柳田杏子。そのギタリストの娘です。成瀬さんはジャズメガネさんですよね？」

「はい……」

杏子は眼鏡に手をあてながらゆっくりと続けた。

「ツイッターで、ジャズメガネさんがオーネット・コールマンに絡む事件を解決なさったたって読んだんです。だから、もしかして私の父のことにも力になっていただけるかな、と思って……」

涼子は少し苦虫を噛み潰したような表情をみせた。面倒に巻き込まれるのは好きではない。涼子は手のひらを左右に振った。

「あの、私は別になんでもないですよ」

「ご迷惑はおかけいたしません。ちょっとだけお力添えいただけないでしょうか？」

涼子は注文のアイスコーヒーを入れる時間、冷静になってみた。

（何かの縁だし、話だけでも聞いてみようかしら……）

アイスコーヒーを柳田杏子のテーブルに置いた涼子は眼鏡を少し上げた。

「力添えって何か私に出来ることがあるのでしょうか？」

「実は……父が最近、亡くなりまして、遺品の整理をしているのですが、エリック・ドルフィー、ご存知ですよね……そのドルフィーのサイン入り楽譜が父の本棚に備え付けられたボックス型の透明ディスプレイの中に飾られているんです。それを取り出して、ジャズ博物館に寄付しようと考えたのですが、父の手作りの電子ロックが掛かっていて開かないのです。鍵屋さんに聞いても手作りなので分からないということで、パスワードを成瀬さんに探り当てていただけないかと思いまして……」

涼子は愕然とした。パスワードを考えろなんて、そんな大雑把な話、聞いたことがない。

「柳田さん、パスワードと言われても何の手掛かりもなければ、無理ですわ」

杏子はそう言われるとバッグを開けて、一冊の手帳を取り出した。

「ここに父、柳田昌也の去年の手帳があります。亡くなってから遺品を整理していたらこの手帳が見つかりまして、最後の数ページに色々なネット関連のパスワードのメモがありました。一部にはそっくりそのままのパスワードの記載があったり、中には、キーワードの文があったりします。ただ、一つだけ、ページの角に書いてあって変な文があるんです。これなんですけど……」

杏子はその手帳を涼子に見せた。涼子はもう一度眼鏡をぐっと上げるとその手帳を手にとった。

「……にしてミス・アン[7]にあらず。これかしら……」

杏子は頷いた。その文はページの角にあり、何故かちょうどその端が破れていて書き出しにあたる部分が分からない。

「〝ミス・アンにあらず〟……〈ミス・アン〉はドルフィーの曲。この文がキーワードというわけね、きっと。〝……〟にしてって何かしら」

面倒に巻き込まれているのは承知の上で涼子はそう呟いてしまった。

「そうなんです、成瀬さんならその文から何かお分かりになるかと思って……」

涼子は目を閉じた。涼子はエリック・ドルフィーが好きだ。彼に関する大抵のことなら思い出せる。〈ミス・アン〉ついてはドルフィーのラスト・アルバムにあたる『ラスト・デイト』(8)に名演がある他、プレスティッジの『ファー・クライ』、一九六一年の『ストックホルム・セッションズ』、一九六二年のハービー・ハンコックとのNYでのライヴ録音くらいかな、と思った。

「柳田さん、今すぐに解答は出せませんが、一度そのディスプレイを見せていただくことはできますか?」

「成瀬さんがご都合のいい日があればこちらはいつでも……」

杏子は微笑んで頷くと涼子に名刺を手渡した。涼子はその名刺を見て驚いた。杏子のキョウの字は杏《アン》なのだ。

「スケジュールを調整してご連絡します」

その晩、涼子は三宿の「バー・タクロー」に顔を出した。ライヴのないバー・タイムの日だった。涼子が変貌するいつものライヴ空間とはまったく違う平和な雰囲気だ。そこには常連客で世田谷警察署の刑事、相良も居合わせていた。涼子は拓郎に昼間の話をすると、カウンターで少し距離をおいてハイボールを飲んでいた相良も会話に参加したいそぶりで涼子の方に顔を向けてきた。

「〝……〟にしてミス・アンにあらず、何だろう？」

拓郎が上目使いにそう言うと相良が答えた。

「ミス・アンじゃなくて違う女だということだよ。柳田さんの彼女の名前とか？」

拓郎が首を横に降った。

「柳田さんは真面目なジャズ・ミュージシャンだから、これはジャズのネタですよ。ミス・アン……」

涼子が指を鳴らした。

「ファースト・アルバムの『惑星』(9) に〈ミス・トニ〉というドルフィーのオリジナルがあったわよね」

「〝ミス・トニにしてミス・アンにあらず〟……」

「そうだ、そこの本棚にドルフィーの自伝本がある。そとにディスコグラフィがあるから思い当たる節をチェックしてみよう」

相良も相槌を打った。拓郎が本を持ってきておもむろに開く。

「女性の名前がつく曲って他にあるかな」

相良が言った。

「女性トロンボーン奏者、メルバ・リストン[10]に捧げた〈スケッチ・オブ・メルバ〉とか……」

「ちょっと待って。〝……にあらずって〟、女性の名前がくるとは限らないわ。〈ミス・アン〉という曲じゃなくて××という別の曲という意味。何かを勘違いしていたとか……」

拓郎が本のページをめくる手を止めた。

「涼子、これは?」

そこは『エリック・ドルフィー・イン・ヨーロッパ[11] Vol.2』のページだった。B面で〈ミス・アン〉がクレジットされているが、実際演奏されているのはドルフィーのオリジナルの〈レス〉だ。発売の時に間違ってクレジットされていたのだ。

「〝レスにしてミス・アンにあらず〟」

涼子は呟いた。すかさず相良が口を挟んだ。

「あるいは、〝ミス・トニにしてミス・アンにあらず〟」

「うん、とにかく週末に柳田さん宅に伺って現物を見て考えるわ。『惑星』か『イン・ヨーロッパ』か、そのあたりの線でパスワードになりそうなもの、考えてみる。拓郎さん、その本借りていってもいい?」

拓郎が首を縦に振ると相良が言った。

「私もご一緒出来ないですかね、涼子さん。柳田さん、尊敬しているんです」

涼子は強い口調で返した。

「駄目ですよ、相良さん。事件じゃないし、管轄外だし」

相良は下唇を突き出してハイボールを一気に飲み干した。

＊

週末、涼子は下北沢の外れにある柳田宅に向かった。駅周辺は再開発で景色が大分変わってしまったが、晩年の柳田も出演していたジャズ・バーはまだ健在だった。古い洋館風の玄関に着くと杏子がすでに待っていた。

「迷いませんでしたか？　細い道が多くて」

涼子はその感じの良さに笑みを浮かべた。早速、柳田のアトリエ風の部屋に通されるとその書籍の多さに驚かされた。音楽家というより、小説家の空間だった。件のディスプレイはその多くの本を収納した大きな本棚の一部に作りつけられてあった。本棚の一部分が飾り棚になっていて、その中央にボックス型のガラスのディスプレイが鎮座している。金庫風に頑丈な造りで、テンキーの電子ロックが取り付けられていた。そして、そこにはドルフィーの譜面が飾ってあった。涼子は昔、本で見たことのあるドルフィーの譜面を思い出した。

（確かにあの筆跡だわ……）

涼子はその譜面を上から覗いた。

「〈ミス・アン〉の譜面ですね。綺麗な写譜ですね。十四小節あるテーマすべてを書いてくれています。下にはドルフィーのサインがあります……あ、日付も。1961とだけありますね」

杏子は黙って聞いていた。涼子はディスプレイに触ってみた。鍵が掛かっている。

「電子ロックですか。そんなに複雑なものではなさそうだけど、なぜ、鍵をつけたのかしら……でも備え付けだから、中の譜面は取り出さないと寄付できないですよね……」

涼子は苦笑いした。

「でも、現物を見せていただいて、ちょっとイメージが湧いてきました」

涼子はそう言うと拓郎から借りてきたドルフィーの本を開いた。

「えっと、一九六一年のエリック・ドルフィー〝ミス・トニにしてミス・アンにあらず〟……」

涼子はドルフィーのデビュー・アルバム『惑星』のページで手を止めた。

「この録音は一九六〇年ね……」

そしてページをめくった。今度は『エリック・ドルフィー・イン・ヨーロッパ Vol.2』のページで手を止めた。

「一九六一年のライブ。〝レスにしてミス・アンにあらず〟……」

涼子は天井を仰いだ。昨晩、予想した通りだ。そして大きく息を吐き出すと胸のポケットから愛用のターコイズ・ブルーのシャープペンと黒いモレスキンの手帳を取り出した。

「あと、もう一枚、一九六一年の『ストックホルム・セッションズ』にも〈ミス・アン〉は録音されていますが、文脈からすると、『イン・ヨーロッパ Vol.2』の可能性が高いです。きっと、〝レスにしてミス・アンにあらず〟。レコードでは〈レス〉という曲を間違って〈ミス・アン〉という曲名でクレジットしています。パスワードにと、考えやすいのは、まずレコード・ナンバーの PR7350。それから、録音日。一九六一年九月八日」

涼子はそう言って、ディスプレイの端に並べられた数字列に手を触れた。まず、レコード番号の四桁の数字、7350を入れてみる。反応はない。続いて録音日にトライしてみる。四桁で6198を入れてみる。違う。涼子は舌打ちをした。幾つか組み合わせも変えてみたが、それも駄目だった。

「残念ながら違っていたみたい……ごめんなさい」

杏子は首を横に振った。

「いいんです。無理に開けなくても……」

涼子はちょっと悔しそうな顔をして、もう一度ディスコグラフィをみた。未発表の録音データも記載されている。

「ちょっと待って下さい。この時の〈ミス・アン〉はレコードにはならなかったけど、実際には演奏されていますね。〈レス〉が録音された九月八日の二日前、九月六日です。もしかして、柳田さんはこのセッションを見ていたのかもしれません」

そう言うと、涼子は6196と数字を打ち込んだ。すると、ディスプレイの透明ケースの蓋がカチッと音をたてた。

杏子が口を開けた。

「〝レスにしてミス・アンにあらず。そして、その実態はミス・アンにあり〟、そんなところでしょうか……」

涼子は笑顔で答えた。そして、杏子に取り出しても良いか、尋ねた。杏子はもちろんという仕草をしてみせた。涼子は蓋をゆっくり開けて、その譜面を丁寧に取り出した。一九六一年、絶頂期のドルフィーの直筆の譜面だ。そこに書かれたその音符をゆっくり歌ってみる。まるで、ドルフィーが涼子に向かって静かに微笑みながら見つめてくれている様な気持ちになった。そして譜面を裏返してみた。そこには一行、メモ書きがあった。

「Second time In Paris」

涼子は首を傾げた。二回目、パリで。

これは『エリック・ドルフィー・イン・ヨーロッパ』のライヴ時にコペンハーゲンでもらったものではないのか。パリでもう一度ドルフィーと会ったということなのだろうか？　涼子は譜面を手にしながら、困惑の表情を浮かべた。

「この譜面はコペンハーゲンで貰ったものでなくて、パリで貰ったもののようですね」

涼子は譜面をもう一度じっくり見ると、台座の上に戻した。その時、はっとした。この台座、妙に厚い。それにわずかだが、台座の四方に細い隙間がある。

「柳田さん、もう一度お父様の手帳を見せていただけませんか？」

杏子が手帳を渡すと涼子は例のページをめくった。〝……にしてミス・アンにあらず〟と書かれたページの裏ページに似た文を見つけたのだ。〝パリにして北のパリにあらず〟とある。これだ。先程ロックを解除した後にリセットの表示が現われた。もう一つ別のパスワードがあるに違いない。

一九六一年、エリック・ドルフィー、パリのキーワードで改めてディスコグラフィをめくってみた。

「これだわ！」

涼子は高い声を上げた。

一九六一年十一月十八日、パリ、オランピア劇場、ジョン・コルトレーン五重奏団のコンサートのデータがあった。今度は、１１１８という数字を打ち込んでみた。先ほどとは違う、低いカチッという音が台座から響いた。

＊

一九六一年十一月十八日パリ
パリの冬は早い。低い空の下、二人はレピュブリック広場を抜けてサンマルタン運河沿いを歩いていた。北ホテルの手前のカフェを目指す二人に吹く、冷たい風に柳田はコートの襟を立てた。
「今夜のコンサート、楽しみですね、桃子さん……」

柳田昌也に桃子と呼ばれた女性は小柄だが、品の良い色合いのスカーフを頭に巻き、バランスの取れた体形にベージュのハーフ・コートと黄色の短めのスカートがよく似合った。

「私も楽しみですわ。つい先日コペンハーゲンでライヴを聴けたのに、今度はパリでジョン・コルトレーンと一緒のコンサートが聴けるなんて夢みたいだわ」

水野桃子は女優の卵で演劇の勉強のため、パリに留学している。柳田は前年まではウエスト・コースト的なスタイルで戦後のジャズ界の人気プレイヤーだったが、年が改まる前頃から前衛音楽に影響され、独自のアヴァンギャルドなジャズを志向するようになり、この年の三月に単身渡仏したのだった。パリは芸術に優しい。

柳田と桃子はあるジャズ雑誌の読者投稿欄で知り合った。一九六一年の新春号に掲載された桃子の「ジャズ初心者です。エリック・ドルフィーのレコード譲って下さい」という投稿に柳田が答えたのだった。柳田はその時、パリ行きを決めていて住まいが近かった桃子にドルフィーの『惑星』を譲ったのだ。桃子は当時、ある劇団の新人の女優だった。

桃子は運河を見つめて、船が通るたびに水位の高さを変える不思議な水門を見つめながら言った。

「あの時、あの投稿を柳田さんに見ていただいていなかったら、今日という日はなかったんですから不思議ですよね」

「そして、エリックに会うこともなかった……」

二人は運河にかかる橋を渡り、道路沿いのカフェに入った。ギャルソンが「ボンジュール」と微笑んだ。


柳田は桃子と知り合ってからほどなく渡仏した。桃子は演劇のための留学で春からのパリ滞在が決まっていた。そして、少し先に行った柳田を頼って連絡をとったのだ。この年、一九六一年はエリック・ドルフィーが活躍していた。ニューヨークでは七月に「ファイヴ・スポット」でブッカー・リトルと双頭バンドで出演。八月にはベルリンに行ったりと活発な活動をしていた。柳田は早々にパリのジャズ関係者と親しくなっていて、渡欧してくるアメリカのジャズ・ミュージシャンの情報を仕入れては、コンサートなどに出かける機会を手にしていた。九月には北欧のパリと呼ばれるコペンハーゲンに単身渡欧してきたドルフィーを見るために桃子と連れ立って出かけたのだった。初めて生で聴くドルフィーのアルト・サックスの音の大きさ、フルートの幽玄的な響き、バス・クラリネットの地響きにも似たような低音に衝撃を受けた。特にアグレッシヴなドルフィーのオリジナル〈ミス・アン〉にはすっかり魅せられてしまい、演奏の終わった後、ドルフィーに面会して譜面が欲しいと懇願したのだった。ドルフィーは笑顔で承諾したが、その日はすぐに取材で出かけなければならないので、十一月にジョン・コルトレーンとパリに行く時に楽屋を訪ねてくれれば、そこで渡すよ、と約束してくれた。

「エリックさんは譜面もってきてくれるかしら……」

桃子はコーヒーをすすりながら、不安そうな顔をした。柳田は微笑んだ。

「もし、いただけなくても再会できるだけで充分です」

桃子は頷いた。

二人はその後、九区にあるオランピア劇場に向かった。人気のコルトレーン四重奏団にエリック・ドルフィーが加わるという豪華なコンサートにホールは満員だった。コルトレーンのレパートリー〈マイ・フェイヴァリット・シングス〉〈インプレッションズ〉といったナンバーが圧倒的なスケールで演奏された。そして、終演後、楽屋を訪れた二人は二カ月ぶりの再会をドルフィーと果たすことができた。ドルフィーは約束を忘れていなかった。〈ミス・アン〉の自筆の譜面を用意してくれていたのだ。美しい筆跡の譜面だった。柳田は天にも昇る心地だった。あのドルフィーが日本人の自分のためにオリジナル曲の譜面を書いてくれるなんて想像もできないことなのだ。ドルフィーを囲んで二人は柳田が持参したカメラをセルフ・タイマーにして笑顔を向けた……柳田と桃子は余韻を残しながらメトロのオペラ駅に向かった。

そんな帰り道、桃子が切り出しにくそうに言葉を発した。

「あの、柳田さん、実はちょっとお話したいことがあって……」

柳田はメトロの階段を降りるのを途中で止めて、コートの襟を少し立てながら桃子の方を振り返った。柳田は言葉を発しなかったが、優しげな目で桃子を見つめた。

「……柳田さん、昨日、東京の映画会社の監督さんからお手紙をいただいたんです。私を主演女優としてデビューさせたいというんです……監督さん、私がパリに来る前に何度も劇団のお芝居に足を運んでくださっていて……」

柳田は少し黙っていたが微笑んで答えた。

「おめでとう。頑張りなさい……」

「私、本当はこのままパリに残って柳田さんと一緒にいたい……」

「いや、すぐに帰国して仕事を受けるべきだよ。それから、僕と過ごしたこのパリのことも忘れた方がいい。人に話しちゃだめだ。新人女優のスキャンダルはみんな狙って来るからね」

桃子は涙を流した。オペラ座の上には下弦の月が冴え冴えと輝いていた。

*

涼子は再び開いた台座を持ち上げるとその中に一冊の本の様なものを見つけた。その本を杏子に取り上げるように促した。杏子が先ずそれを手にした。それは厚いダイアリーだった。杏子はページをめくってみる。そこには父、柳田昌也の筆跡があった。そして、昌也のパリでの生活が記されていた。杏子はあるページで手を止めた。一枚の写真が貼られていたのだ。驚いたことにエリック・ドルフィーを真ん中に、昌也と小柄な可愛らしい女性が笑顔で写っているモノクロ写真だった。

杏子はそのページを涼子に差し出した。涼子はその写真を見て驚いた。

「杏子さん、分かりました。この女性、大女優の水野桃子さん、だと思います。ほら、面影があるでしょう。杏子さんがお店に来てくれた日、私は古いジャズ雑誌を読んでいたんです。あの投稿欄……やっと、繋がったわ」

「どういうことなんでしょうか?」

「つまり、こういうことです。あの古いジャズ雑誌が発行された一九六一年の一月、お父様の昌也さんの特集記事が掲載された。同時に読者投稿欄に水野桃子という女性の名前があったんです。エリック・ドルフィーのレコードを譲って下さいって。それをきっかけにお二人は知り合ったのでしょう。その後、お父様はパリへ。水野さんもほどなくパリに行きました。お二人はパリで親しくされていたようですね。九月にはコペンハーゲンにドルフィーの演奏を聴きに行き、十一月にはパリのオランピア劇場で彼と再会している。このダイアリーは一九六一年の二人の記録です。最後の方を読んでください」

そこには昌也の独白があった。

〈桃子さんが映画の主演女優に抜擢されたという。天使のような役だ。僕みたいな前衛音楽家とパリで過ごしていることをかぎつけられたら、スキャンダルになることは間違いない。とにかく、一刻も早く日本に帰ることを勧めた……〉

「お父様は桃子さんとパリで別れたんですね……そして、この日記を封印していた。晩年はこの日記とドルフィーの譜面を墓に埋めるようにこの箱の中に埋めたんですね……譜面を取り出すためのパスワードはコペンハーゲンでドルフィーの〈ミス・アン〉を聴いた日付。そして、このダイアリーを取り出すための二番目のパスワードはドルフィーと再会したパリ、オランピア劇場でのコンサートの日付」

「父は桃子さんを愛していたのでしょうか？」

「そうでしょう……多分、お母様にお会いする大分前のことでしょうけど……そして、ドルフィーを敬愛していた。杏子さん、あなたのお名前の〝杏〟という字、アンと読むでしょ……」

杏子は複雑そうな顔をして涼子を見つめた。

「……涼子さん、二番目のパスワードの件は知らなかったことにしていただけますか？　母が帰ってくる前にしまってしまいたいんです。父も封印したかっただろうし……」

涼子は黙って頷いた。


涼子はその夜「天然の美」に戻った。店にはオーナーの坂田がいた。

「おっ、首尾はどうだった……」

坂田の明るい問いかけに涼子は少し戸惑った。

「ええ、ドルフィーの直筆の〈ミス・アン〉の譜面は取り出せましたけど……」

「けど？」

坂田は坊主頭を撫でながら眉をひそめた。

「え？　あ、取り出せました。良かったです……」

「お手柄だなあ。良かったじゃないか」

坂田は笑みを浮かべた。

「マスター、この前までここに置いてあった古いジャズ雑誌、どこにあります？」

「あぁ、あれね。昨日、お客さんが数冊まとめて買ってったよ。懐かしいなぁって。涼子ちゃん、興味あったの？」

涼子は首を横に振った。そして目を閉じてあの二人のパリを想像してみた。なんだかとても甘酸っぱい気持ちが込み上げてきた。

（エリック・ドルフィー、柳田昌也、水野桃子、コペンハーゲン、パリ。エトランゼたちね……）

窓の外にはしとしとと雨が降っている。涼子は無性にドルフィーが聴きたくなった。

「マスター、ドルフィーかけてもいいですか？」

そして、涼子は続けて小さく呟いた。

「至急、魂を解放せよ……」

［エチカ2］　エトランゼとしてのエリック・ドルフィー

エリック・ドルフィーは今でこそジャズ史上のレジェンドとして殿堂入りしているアーティストだが、彼が生前に正当な評価を受けた時間は短かった。彼は真面目にチャーリー・パーカーを研究し、その上で新たな跳躍フレーズや現代音楽的な理論を加えていった。フレーズの超絶的な速度やきついタンギングで作られる音はスリリングで過激だったため、批評家たちは彼の奏法を「馬のいななき」と評し、ニュー・ジャズのジャンルに囲ってしまったのだ。元々彼にはビッグバンドでも通用する確かな技術もあったし、伝統的なスタイルは基本会得していたはずだ。勿論、彼の志向はニュー・ジャズを目指していたが、前衛とは一線を画していたはず。しかし、ドルフィーには仕事は回って来なかった。アメリカにおいて、音楽でご飯が食べられる状況にはなかったのだ。プレスティッジに初リーダー・アルバム『アウトワード・バウンド(惑星)』を発表するとやっと陽の目を見る事になるが、もう三十二歳だった。その後、プレスティッジの評価もあり、リーダー・アルバムを連続リリース出来た他、一九六〇年の一連の『ファイヴ・スポット・セッション』で伝説的な演奏を残し、評価も上昇した。平行してチャールズ・ミンガスのグループでも活躍し、上昇気流に乗るかと思われたものの、『ファイヴ・スポット・セッション』で奇跡の相棒であったトランペッターのブッカー・リトルの急逝によってグループは存続し得なくなった。ドルフィーの音楽は当時まだ刺激的過ぎたのかも知れない。結果、お金を産むことはなかった。

真摯に音楽を追求するにはヨーロッパが向いている、と判断し、ドルフィーは一九六一年には渡欧してしまう。ここから、彼の音楽に孤独なエトランゼ感と影が漂い始める。ヨーロッパへは単身で渡航。演奏活動のメンバーは現地調達だ。録音された『ヨーロッパのエリック・ドルフィー第一集〜第三集』は次のメンバーがサポートしている。〈エリック・ドルフィー(as, b-cl, fl)ベント・アクセン(p)エリック・モーズフェルム(b)ヨルン・エルニフ(ds)〉

このリズム・セクションはアメリカのそれと比べるとレベルは低いが、堅実なサポートのおかげで逆にドルフィーが自由になれている。ドルフィーは猛烈にスイングする。そして、フルートとベースとのデュオやバス・クラリネットのソロなどは音色にもフレーズにも陰があり、ミステリアスだ。第一集での〈ゴッド・ブレス・ザ・チャイルド〉を聴くとコペンハーゲンという北の空気感とドルフィーの声の様なバス・クラリネットの音色が入り混じり、何とも言えないエトランゼの孤独感が漂ってくる。

ジャズはアメリカから海を渡ると異邦人になってしまう。バド・パウエルやクリフォード・ブラウンがヨーロッパで残した演奏もどことなく哀愁が漂う。覚悟を決めたドルフィーの孤独感は彼の音楽の一部に溶け込んでしまったのだ。

そして、この後、ジョン・コルトレーンの欧州ツアーに参加。「ヴィレッジ・ヴァンガード」の一連のライヴ録音で聴けるドルフィーのソロとはまた違った幽玄な香りを漂わせている。また、チャールズ・ミンガスの欧州ツアーでは、そのアンサンブルの技術も含め、音楽的にピークに達した。その後、極めつけとなってしまったのは『ラスト・デイト』。彼が操る三つの楽器は最早、自由自在だ。

『ラスト・デイト』のメンバーは〈エリック・ドルフィー(as, b-cl, fl)ミシャ・メンゲルベルク(p)ジャック・ショールス(b)ハン・ベニンク(ds)〉

幽玄な世界が広がる〈貴女は恋を知らない〉では鳥の鳴き声のような演奏を繰り広げ、最後は自然と同化するかのような境地に達している。幾何学的なメロディーが繰り広げられる〈ミス・アン〉などではドルフィーのプレイが頂点に達した。アルバムの最後にエリック・ドルフィーの言葉が記録された。

「When you hear music, after it's over, it's gone in the air. You can never capture it again(音楽は空中に消え、二度と捉えることは出来ない)」

一九六四年六月二十九日、ヨーロッパを単独で楽旅中だったドルフィーは、以前から患っていた糖尿病が急激に悪化しベルリンで客死。享年三十六。その音楽もまたエトランゼとして散ったのだ。

註

(1) プレスティッジ・レーベル
プレスティッジ・レーベルは一九五〇〜六〇年代にモダン・ジャズの名盤を多く残した。エリック・ドルフィーはこのレーベルにリーダー・アルバムを多く吹き込み、特に一九六一年七月にニューヨークの「ファイヴ・スポット」で残したライヴ録音は歴史的な名演となっている。メンバーはエリック・ドルフィー(as, fl, bc)ブッカー・リトル(tp)マル・ウォル

ドロン(p)リチャード・デイビス(b)エド・ブラックウェル(ds)

（2）ライク・サムワン・イン・ラヴ
ジョニー・バーク作詞／ジミー・ヴァン・ヒューゼン作曲のスタンダード。ジョン・コルトレーン、フィル・ウッズ、アート・ブレーキーとジャズ・メッセンジャーズ等で名演を聞くことが出来る。

（3）マル・ウォルドロン
黒人ピアニスト。モールス信号と呼ばれるパーカッシヴな奏法に特徴がある。名盤『レフト・アローン』は歴史的なベスト・セラーで日本では特に人気が高い。

（4）ファイヴ・スポット・セッション
トランペッターのブッカー・リトルはここでの伝説的なソロを残し、弱冠二十三歳で世を去った。

（5）天然の美
日本で作られた初めての洋楽と言われる曲。田中穂積作曲、武島羽衣作詞。明治三十五年の作。唱歌として作られたがチンドン屋のジンタとして有名になる。

（6）フリー・ジャズ
調性を無視し、心の赴くままに即興演奏を繰り広げる一九六〇年代に発生したアヴァンギャルドなジャズ。

（7）ミス・アン
エリック・ドルフィーの代表曲。ビバップ的要素を持ちながら飛躍するメロディーはエキサイティング。

（8）ラスト・デイト
〈ミス・アン〉がライヴ録音されたエリック・ドルフィーの一九六四年六月二日のラスト・アルバム。彼の死去直前のアルバムだ。演奏終了後に残された彼の言葉も歴史的。

（9）『アウトワード・バウンド(惑星)』
ドルフィーのファースト・アルバム。A面一曲目の〈G.W.〉での強烈なソロは「馬のいななき」と評された。

（10）メルバ・リストン
黒人女性トロンボーン奏者でリーダー・アルバムも残している。ランディ・ウェストンの「リトル・ナイルス」への参加が有名。

（11）イン・ヨーロッパ

プレスティッジに残されたデンマーク、コペンハーゲンでの一九六一年九月六～八日のライヴ。Vol.1～Vol.3まで発売されている。現地のミュージシャンとの他、ベーシスト、チャック・イスラエルとのフルート・デュオなども伝説的な演奏だ。

(12) オランピア・コンサート
一九六一年十一月十八日、エリック・ドルフィーはジョン・コルトレーン・カルテットに参加し、パリ・オランピア劇場で公演を行う。その圧倒的な演奏は録音され、伝説のコンサートとして記憶されている。

第三章　ジャズ探偵成瀬涼子と快盗ブルー　(Ryoko Naruse et Bleu)

「やっと着いたわ。見て、レマン湖よ」

車がカーブを曲がり切ると、時計はとっくに夜の八時を回っているというのに、まだ夏の白い雲を映し出している湖が目の前に開けた。ここスイスのモントルーでは一九六七年からジャズ・フェスティバルが毎年開催されていて、マイルス・デイヴィスやビル・エヴァンス、渡辺貞夫などといった偉大なジャズメンが数多く出演してきた。特にライヴ録音されたビル・エヴァンス屈指の名盤の、お城のジャケットがよく知られている。助手席に窮屈そうに座る相良が興奮したように高い声を上げた。

「お、ビル・エヴァンスのお城だよ！」

後部座席で山下拓郎がちょっと耳を抑えるふりをして答えた。

「シヨン城[1]ですね……」

この夏、アルト奏者の成瀬涼子がインプロヴィゼーション・デイに招待されてソロ演奏をすることになった。そこに涼子の大学の先輩で三宿にジャズ・バーを経営している山下拓郎、それからジャズ・マニアで涼子のファンでもある世田谷署の刑事、相良明の二人が応援という名目で同行して、美しき湖畔の街、モントルーに揃ってやって来ることになったのだ。ジュネーブから長い時間をかけて、三人の車は湖畔を走り、かつてのメイン会場だったカジノを過ぎて、小さな街に入った。普段は静かな街も、フェスティバル(2)の時期には人で溢れている。

「涼子はどこでやるんだ?」

拓郎が窓の外を見ながら尋ねた。

「私はメイン会場近くのストリートみたいなところ。招待といっても自由参加みたいなものだから。山下洋輔トリオは名演を残しているけど、モントルーでインプロはあまり似合わないかも。でも、いろいろな国のアーティストと会えると思うと楽しみだわ」

三人の車は小さなコテージの前で止まった。

「さぁ、着いた。ここからはそれぞれみんな自由行動ね」

「最初の晩くらいみんなで乾杯するのは駄目ですかね?」

相良が寂しそうに言うと拓郎も続けた。

「今夜の食事くらいは一緒に過ごしてもいいんじゃないか、涼子」

涼子は少し考えていたが、やがて、しようがないというようにこくりと頷いた。

RIVERSIDE
thelonious
MONK
QUARTET
misterioso
KOZO

「じゃ、相良さんのおごりで。夜は肌寒いくらいだから、チーズフォンデュでもいいわね」

まだ空は明るいが、街はディナータイムだ。こじんまりとしたレストランに三人は落ち着いた。

「メニューの上から下まで、全部食べられるかも。相良さんのおごりだから……」

涼子は鯖江ブランド[3]の白いセル眼鏡の奥の涼しげな瞳をいたずらっぽく輝かせた。相良といえば、レイバンの黒縁眼鏡をせわしなく上げ下げしている。どうやらメニューの値段を日本円に換算しているようだ。涼子はスマホを取り出し、WiFiを拾うとツイッターを立ち上げた。そして、モントルーに無事到着、とツイートするとMontreux Jazzで検索をしてみた。

「何かトピックスはないかしら……」

涼子はのんびりと画面を追っていたが、やがてビールをグッと飲むとグラスを置いて、スマホに釘付けになった。

「どうしたんだ?」

拓郎の呼びかけにも答えず、つぎつぎにツイートを追っている。しばらくしてからやっと口を開いた。

「このツイートがたくさんリツイートされているの……Will get an evidence of the friendship between you & me in Montreux, Bleu……何だろう? Bleuって名前かしら……」

「Bleuって最近パリで話題の謎の盗賊じゃないか? 一番最近だと、パリの展覧会からキリコの絵を盗んで話題になったよな。しかも展示の最中に忽然と絵がなくなったというんで、警備も警察

も面目丸潰れだった」

拓郎がスマホを覗きこみながらそう言った。

「このリツイートの多さ、きっとそうよ……」

「謎の盗賊といわれるブルー？」

相良は首をかしげながらメニューを置いた。

「相良さん、知らないんですか、刑事なのに。パリの快盗ブルーを。ジャズにまつわる貴重品や骨董品ばかりを狙っていて、これまでステファン・グラッペリの愛用していたヴァイオリンやマイルス・デイヴィスが描いた絵なんかを盗んでいるの。ヨーロッパではもちろん、ネット上でもジャズ・マニアの間で話題になっている快盗よ。目撃証言によると、黒髪で前髪パッツンの東洋系の美女らしいの。それ以外に手がかりはまったくなし。ジャズ・レジェンドの血を引くなんて噂も飛び交っているけど、本当のところはわからないわ」

「峰不二子じゃないのか？　逮捕したいところだけど、ヨーロッパは管轄外だからな。美人なのに惜しいな」

「相良さんの管轄は世田谷警察署管内。なのにいつも何かとしゃしゃり出てくるんだから。でも、何かしらこの意味。みんな、勝手に憶測のツイートを書き込んでるわ。evidence……」

「証拠という意味か……」拓郎が言った。

「あなたと私の間の友情の証を盗みますってこと？　なんだか意味不明ね」

相良がちょっと苛ついた表情で答えた。

「管轄外だし、せっかくやって来たモントルーなんだからそんな仕事みたいな話やめて楽しまなきゃ。涼子さん、好きなもの食べてよ」

「あら、本当ですか？　遠慮してたわ。えっと、これと、これと……」

涼子が満面の笑みでメニューをめくると、相良はしかめ面を浮かべた。

*

コテージに戻った後、涼子は湖畔に散歩に出てカフェテラスに腰を落ち着け、フェスティバルのプログラムを広げていた。拓郎がやって来てコーヒーを注文した。

「涼子、元気だね。相良さんはもう寝てしまったようだけど」

「いいのよ、自由行動なんだから、どうぞご勝手に。ねぇ、あのツイート、考えたんだけど……」

涼子はプログラムのある箇所を指差した。そこには『2nd day special program,tribute to Thelonious Monk @ Chillon Castle, 11pm』とあった。

「これが何かツイートと関係あるのか?」

「なんかにおうのよ」

涼子は何度もプログラムのその部分を細い人差し指で叩いた。

「あのツイートは一文だけでは意味が分からない。とすると注目すべきは文中の単語だけでしょ。その中で特に目に付くのは evidence と friendship と you & me だけ。よく考えてみて。ジャズと関連させて考えると一番ピンとくるのが "evidence"……」

拓郎が微笑んだ。

「〈エヴィデンス〉[4]。モンクの曲にあるな。それが関係あるのかな」

「ええ。で、プログラムを調べてみたの。ほら、この通り二日目の今夜、十一時からシヨン城特設ステージでモンク・トリビュートがあるでしょ。きっとモンクとつながっている。考えてみれば、キリコの絵[5]をターゲットにしたのだって、モンクの『ミステリオーソ』のジャケットを描いた画家だからでしょう?」

「そのステージで誰かが〈エヴィデンス〉を演奏する?」

「分からないけど……でも、先輩、〈エヴィデンス〉の元曲って知ってる?」

「なんだっけ?」

「ジャズのオリジナル曲によくあるでしょ。コード進行を借りてきて新しいメロディーをつける手法。〈ドナ・リー〉の元のコード進行は〈インディアナ〉、〈オーニソロジー〉は〈ハウ・ハイ・ザ・

ムーン〉とか。〈エヴィデンス〉は〈ジャスト・ユー、ジャスト・ミー〉のコード進行を使っているの」

「そうなんだ。〈エヴィデンス〉は確か凄くエキセントリックな曲だよね」

「タイトルの由来を知ってる？」

拓郎は首を横に振った。

「Just you, Just me はあなたと私でしょう。それをモンクは Just us、私たち、と捉えたの。そして次は発音のお遊び。ジャスト・アスはジャスティスに聞こえる。Justice、つまり《正義》や《裁き》っていう意味よね。裁きに必要なのは証拠。だからエヴィデンスなんだって……いかにもモンクらしいわね」

涼子は一気にまくしたてた。

「初めて聞いたな。ずいぶんまどろっこしいけど、うん、たしかにモンクらしいな。そうか、このツイートでも you&me とかけている」

「ちょっと唐突な文章だけど、そう考えると evidence と you&me が並んでいることもつじつまが合うのよ。間違いなくモンクに関係ある。ジャズ・マニアのブルー、キリコの絵といい、どうやら最近モンクにご執心のようね……」

涼子はそう言うと時計を見た。

「もう十時半だわ。モンク・トリビュートが間もなく始まる。会場に行ってみましょう。何かが起こるはず」

「あぁ、着いて初めてのステージだし、行くよ。相良さん、起こしてこようか？」

涼子は首を横に振った。

「スイスまで来て事件に巻き込まれたくないでしょうから……」

拓郎も苦笑いをした。

「ここからはちょっと遠いから、コーディネーターのジョルジュに連れて行ってもらいましょう。彼ならいざという時に手を貸してくれるだろうし」

涼子はジョルジュに電話をかけた。

＊

ジョルジュはすぐコテージに迎えに来てくれた。彼は一時期東京に住んでいたこともあり、日本語も達者だ。一九六〇年代にはパリに移住していたアメリカのスター・サックス奏者のカルテットにピアニストとして在籍していて、日本でも一時期、それなりに名が通っていた。当時は技巧派の過激なピアノ・スタイルで人気を博していたが、今では第一線を退き、ヨーロッパのジャズ・イベントなどの手伝いをしている好々爺だ。

「ようこそ、モントルーへ。明日のリョウコの演奏楽しみです！」

涼子はジョルジュのハグに答えた。

「ジョルジュさん、すみませんが今すぐシヨン城のコンサートに連れて行ってくださる？」

ジョルジュは「ウイ！」と答えた。

「ジョルジュさん、ツイッターでブルーのツイートが流れているの知っていますか？」

「ウイ。もちろん。先日は白昼堂々キリコの絵を盗んでいったので、今回は何が狙われてどんな騒動が起こるのかと、その話題で持ちきりですよ」

ヨーロッパでは快盗ブルーの名を知らない人はほとんどいない。ネット上では不謹慎ながらファンもいるくらいだ。美貌でドラマチックな手口の盗賊となれば無理もない。彼女はお目当ての品をミステリアスに予告してはスマートに盗んで消えていく。長い黒髪、揃えられた前髪。そして切れ長の目に長い睫毛。モデルかとも思われるほどのスタイルで、身のこなしは驚くほど軽いという。

車が湖に沿って走ると、ほどなくビル・エヴァンスのお城が近づいてくる。拓郎が時計を指差し、涼子が目を向けた。もうすぐ十一時だ。さすがに陽は落ちた。湖面にライトアップされたシヨン城が浮かび上がっているように見える。中世の城の中でモンク・トリビュートとは肝試しみたいな企画だな、と涼子は思った。車を止めて、城の門をくぐると庭がひらけ、建物の方からピアノの跳ねるようなメロディーが聞こえてくる。

（しまった。もう、始まってる。ブルーのお目当てはなんだろう……）

ステージではスイス人の人気女性ピアニスト、クロエのトリオが演奏しているのだが、城の中に音は響きわたっているものの、ステージのある部屋がどこか分からない。客は城中あちらこちらに溢れている。迷路のように入り組んだ通路や、隠し部屋や中庭が混在した建物の中では、なかなかステージにたどり着けない。ただ、通路に開いた窓から明るい大きな月が覗くのがなんともミステリアスだ。月明かりから流れてくるように不思議なメロディーが繰り返されている。

「〈ミステリオーソ〉だね……」

拓郎が言った。

「ジョルジュさん、ステージはまだですか？」

「この上ですよ、すぐです」

「着いたらすぐにステージの責任者を紹介してください。もう、演奏は始まってます。ブルーはきっと、この会場に現れます。何を狙ってるかは分かりませんが、スタッフの方にこのプログラムの特別なセッティングを教えていただければ分かるかもしれません。黒髪の東洋美人を探すこと。もっとも、変装しているかもしれないけれど。とにかく急いでそれらしき人物を探しましょう」

シヨン城は十三世紀に出来た王侯貴族の城で、要塞でもあったため、とても複雑な構造をしている。中庭に映しだされる城のシルエットに〈ミステリオーソ〉が溶けていく。その音が大分、生音に近づいて来た。

「もうすぐです」

ジョルジュが言った。三人は小さな部屋を抜けて行く。開いた窓から見える大きな月を背景にしたステージの前は人で溢れていた。入りきれない人たちは違う部屋で聞いているが、仕切りをへだてて届く音もまた風情がある。

「リョウコ、舞台監督は今動けないので、入り口付近の窓際にいるスタッフに聞いてみましょう」

会場には観客がぎっしり詰まっているので、なかなか思うように動けない。なんとか観客の間を縫って三人は窓際にたどり着いた。涼子はジョルジュに耳打ちした。通訳して伝えて欲しい内容だ。

ジョルジュはスタッフに近づいてフランス語で話かけた。そして、涼子に伝えた。

「リョウコ、今夜はサプライズがあるそうです。モンクのホログラムが次の曲、〈エヴィデンス〉の時に登場して、それに合わせて踊るそうです!」

「〈エヴィデンス〉!」

涼子は高い声を上げた。ジョルジュが人差し指を口に当てると、涼子は肩をすくめた。

「ジョルジュさん、リハーサルの時に何か変わったことがなかったか、聞いてください」

ジョルジュが質問するとスタッフの男は首を横に振った。涼子はもう一度聞いてみた。

「事前の打ち合わせと違うことはなかったですか? 何でもいい、何か変わったこと……」

男はちょっと考えて答えた。ピアノの調律師が昨日来た男と違っていたという。

「え、もしかして女性じゃなかったですか?」

男は「ウイ」と答えた。

「東洋系の黒髪の女?」

男は再び「ウイ」と首を縦に振った。涼子はジョルジュと顔を見合わせた。

「ブルーよ。間違いない。調律師に化けたということは、ピアノに何かを仕掛けたとか？」

男が思い出したように付け足した。椅子が壊れているので替えるということで車に取りに行ったという。

「ということはあの椅子はブルーが持ち込んだ椅子ね。間違いない、そこに仕掛けがあるんだわ、きっと……」

ステージからオルゴールの音が流れてくる。

「これ、〈荒城の月[6]〉じゃない！」

月明かりを揺らすように〈荒城の月〉のメロディーが流れる。年代もののオルゴールがいつの間にかステージ中央のテーブルに置かれていた。

「あれは確かモンクが大切にしていたと言われるオルゴール。ジャズの巨星の遺品として近々オークションにかけられるって噂よ。世界中のジャズ・マニアがこぞって高値をつけるだろうって話題になっているわ」

涼子がそう言うと、ジョルジュが続けた。

「オルゴールがまず流れて、それに合わせてピアノ・ソロを演奏するそうです」

「ジョルジュさん、あれはね、新宿のジャズ喫茶のマスターがモンクに贈った品なのよ……」

ジョルジュがまたスタッフに耳打ちしている。

「リョウコ、確かにモンクが大事にしていた日本のフォークソングが流れるオルゴールだと言っています。時計型オルゴールのようです」

実は涼子は以前、新宿の老舗のジャズ喫茶Dに行った時、オーナーのNさんから話を聞いたことがあった。

一九六六年にセロニアス・モンクが来日した時、Nさんはオルゴール付き時計を彼にプレゼントした。そのオルゴールから流れる〈荒城の月〉をモンクはいたく気に入ったそうで、帰りの飛行機の中で何度もネジを巻いては再生していたという。そのうち他の乗客から苦情が来たらしいが、そんなことに耳を貸さないのがモンク。NYに着いた時にはすっかり自分のバンドのレパートリーにできるほど頭に刷り込んでしまったらしい。同じ年のニューポート・ジャズ・フェスティバルのために渡米したNさんがモンクの奥さんに会うと、今日はあなたの為にサプライズ演奏があると聞かされた。それが〈荒城の月〉だったのだ。年の暮れにはこの曲をチャーリー・ラウズとスタジオ録音して、アルバム『ストレート・ノー・チェイサー』として発表している。オルゴールの行方はNさんも知らないと言っていたが、オークションにかけられるというニュースを聞いて驚いていたところだった。まさかこんなところで、こんな形でお目にかかるとは思わなかった。涼子は拓郎に言った。

「分かったわ、ブルーの獲物はこのオルゴールよ。いつの間にかモンクの手を離れたオルゴールがオークションにかけられる前に頂こうってことね。Nさんがモンクに贈った友情の印。You&MeはNさんとモンクというのにかけたのかな……いずれにしろ、彼らの友情の証であるオルゴールを盗むのよ。もしかしたら、また不敵にもこのステージ上で……」

〈荒城の月〉のオルゴールにかぶるように始まった、朴訥としたピアノ・ソロが繰り返しのメロディーを引き継いでいる。モンクの練習を録音したアルバム『トランスフォーマー』に収録されている〈プラクティス〉を彷彿とさせる、壊れたオルゴールのような演奏だ。窓の外の月に雲がかかり、会場が一瞬暗転すると、ピアノが突然鳴りやんだ。オルゴールの音色だけが城の中に響き続ける。そして、雲が流れ、また月明かりが部屋に注ぎ始めた。

「まさに〈荒城の月〉ね。もうすぐ何かが起こる。どうしよう……」

涼子はジョルジュに耳打ちした。すると彼は急いでステージに向かって行った。ステージの上からはオルゴールのメロディーと、再び弾き出したクロエのピアノ・ソロのインプロヴィゼーションが響いてくる。そして、最後にもう一度、最初の四小節が奏でられて、美しいコードが長い余韻を残すと、照明がより暗くなった。すると、ジャズ・ファンの目には見慣れた奇妙な帽子を被った男が現れた。観客がどよめいた。モンクだ。このステージの目玉、3Dホログラムの演出が始まったのだ。すかさず、クロエが〈エヴィデンス〉の不思議なメロディーを弾き出した。最初は力強いソロだ。続いて繰り返しのメロディーからベースとドラムスが加わってくる。立体映像のモンクが踊りだした。再び会場がどよめく。モンクは自身のライヴでも、ソロを終えると踊り出すパフォーマンスをしていた。あの動きをホログラムで再現したのだ。演奏はテーマを終えて、ピアノのソロに突入していく。ソロの始まりはいかにもモンク風だ。

涼子は気が気ではなかった。ステージ上の全てを見逃さないようにと目を凝らすが、背伸びをしながらやっと見える程度だ。オルゴールはまだテーブルの上だ。きっと、この曲が終わってからモンクとオルゴールにまつわるエピソードの紹介をMCするのだろう。涼子は先ほどのスタッフの言葉を思い出した。

(椅子を取り替えた……)

涼子はクロエの座る椅子に目を凝らした。白い煙のようなものが薄く微かに出ている気がする。涼子はポケットからスマホを取り出した。そして、もう一度、ステージを見た。踊っているモンクの姿が乱れ始めた。体が右に左に捻れている。プロジェクターの故障だろうか。観客からも小さな声が漏れ始めている。その時だった。涼子はステージ脇にサングラスをかけ、黒いキャップから束ねた黒髪をのぞかせた女性を発見した。

「ブルーだわ!」

3Dのモンクは乱れながらも踊り続けている。涼子はスマホの通話ボタンを押した。と同時に、ステージ上は一瞬にして白い煙に包まれた。ピアノの音は止み、観客はパニック状態で騒然となった。白い煙の向こうにうっすらと人影のようなものが見えた。観客は狭い出入り口に殺到した。涼子はステージ上を見た。スタッフがマイクで〈状況を確認しています〉と英語とフランス語でアナウンスした。白い煙は程なく晴れてきた。

(きっと、この一瞬のパニックを使ってブルーはあのオルゴールを盗む計画だったのね)

月明かりが窓から部屋に注いだ。涼子は湖に面した窓に駆け寄り外を覗いた。黒いタイトなキャットスーツに身を包んだ女性が長い髪をなびかせて、シヨン城の壁をロープを伝って降りていくのが見えた。その影はあっという間に湖岸にたどり着いたかと思うと、待ち受けていたモーターボートに飛び移った。ボートは岸を離れると猛スピードで遠ざかり、波の跡だけが月明かりに照らされるのだった。

観客のパニックは幸いにも収まり、特に怪我人もなかったようだ。涼子はステージ脇にたどり着いた。そこではジョルジュとクロエがたたずんでいた。涼子はクロエに言った。

「Are you O.K.?」

クロエは頭を何度も縦に振った。ジョルジュが涼子のそばに寄ってきた。

「リョウコ。きみからの着信があった時、とっさにステージに上がりました。ちょうどその時、白い煙が一気に吹きだしてきて……」

「吹きだしてきて？」

「あの女、黒い髪の女と煙の中で出くわしたんです。それで私は……」

涼子は不安そうな顔でジョルジュを見つめた。ジョルジュは笑顔を見せた。そして上着の中からオルゴールをとり出してみせた。時計型のオルゴールだった。

「ジョルジュさん、やったわ、間に合ったのね」

「ウイ、リョウコ。携帯のバイブレーターに気づいてから一目散にオルゴール目指したんです。タッチの差であの女より先に確保出来ました」

涼子はジョルジュに抱きついた。そして、何度もジャンプした。ジョルジュは顔を赤らめながら涼子を抱きしめた。涼子はブルーが動く気配を確認したら、携帯をバイブで鳴らすから、とにかくオルゴールを死守して、とジョルジュに伝えてステージ脇に控えさせたのだった。

*

翌日の昼、涼子は湖畔に特設された小さなステージに立っていた。モントルーでの初めてのソロ・パフォーマンスだ。ジョルジュが昨晩の事件の後に発信したツイートが効いたようだ。《快盗ブルーに勝ったニッポンのジャズ探偵リョウコ #Montreux Jazz》を意味したフランス語でのツイートのおかげで、ステージ周辺には観客がだいぶ集まっている。涼子は大きく息を吸い込むとロングトーンをピアニシモからノンブレスで吹き続けた。徐々に大きくなっていくその音が延々と湖に吸い込まれて行く。通行人も、一人、また一人と立ち止まっていく。涼子はロングトーンがフォルティシモに達しても、そのままノンブレスで続けた。ステージの周りには黒山の人だかりができた。相良が得意そうな顔をして周囲を見渡している。涼子は閉じていた眼鏡の奥の目を鋭く見開いた。そして、突然、嵐のような攻撃的で速いパッセージを吹き始めた。観客から歓声が上がった。細い体を上下揺らして激しく吹き続ける。湖からすっと風が吹いた。涼子はその風を感じると一瞬音を止めて、息を大きく吸った。その時だ。頭上にインディゴブルーの風船がふわっと上がったかと思うと、突然パーンと音をたてて割れた。と同時に、紫の薔薇と一枚の紙切れが目の前にヒラリと落ちてきた。涼子はその紙を拾い上げた。そこには日本語でこう書かれていた。

〈昨夜はやられたわね、ジャズ探偵さん。でも、あれはジャムセッション、お遊び。次は本気よ〉

涼子は辺りを見渡した。観客は演出と勘違いして、掛け声や口笛を送っている。人ごみのなかで、拓郎が目を丸くしてステージの外れを指差していた。そこには瑠璃色のハイヒールと胸元に薔薇を付けたターコイズブルーのマーメイド・ドレス姿の女性が立っていた。黒髪は左右に可愛らしく束ねられていて、前髪は綺麗に揃えられている。

「ブルー！」

涼子は呟いた。その瞬間にブルーは通りに消えていった。一瞬のことに、涼子はブルーを追うことはおろか、声をあげることもできなかった。ジャズ探偵成瀬涼子と快盗ブルーの一瞬の出会い。

涼子は目を閉じて再びサックスに息を吹き込んだ。虫の息の様なピアニシモで奏でられたのは〈荒城の月〉。涼子はサブトーンでそのメロディーを奏で続けた。ブルーはどこかで聞いているのだろうか。ワン・コーラスをそのまま終えると観客からの大きな拍手に包まれながら目を開いた。

（「次は本気よ」……またどこかで会うことがあるのだろうか？）

涼子はそう思いながら、マウスピースから唇を離した。そして薔薇の花を拾い上げて呟いた。

「Libérez votre esprit immédiatement!（至急、魂を解放せよ！）」

Jazz Detective, Ryoko Naruse's mysterious Jazz Megané diary-Ryoko Naruse et Bleu

［エチカ3］　セロニアス・モンクの脳内の謎

セロニアス・モンクに関しては奇妙な思い出がある。私は三十代前半のある日、『ソロ・モンク』を聴きながら文章を書いていた。〈アイム・コンフェッシン〉が流れていた時、ある言葉が思い出せなくて、じっと考えていた。すると、どうだろう。脳の記憶の引き出しが全部開いたようになり、一瞬にしてそれまでの自分の人生の記憶が脳内に溢れ出したのだ。いわゆる死際の走馬灯のように、という感じでだ。かなりパニックになり、ほどなく落ち着いたのだが、結局、肝心の単語は思い出せなかった。

モンクの演奏や曲には聞く人の脳のどこかを悪戯するという要素があるのだろう。彼の脳に染みこんだ音楽は他人の脳にすっと刷り込みを入れてくる、テレパシーのようなものがあるのだろうか。モンクは謎めいている。彼が謎めいている理由は演奏中に突然踊り出す、と言った奇行や高僧というレッテルがぴったりな日常の行動や極端な無口さにある。だが、その謎は奇行や変人ぶりというより、モンクの音楽を聞く人、もしくは共演する者の脳とモンクの脳を繋げる力にあるのではないか、と思う。

モンクはチャーリー・パーカーやディジー・ガレスピーらとビバップの創世期を作り、時代を共有してきた。しかし、そのソロにおけるアーティキュレーションやリズムの取り方はパーカーたちとは共通点は少ない。共有しているのは高度になったハーモニーの構造だけだ。モンクはオリジナル曲を完成させるという行為を、単に曲を書き下ろすことにとどまらない何かに昇華させ、共演者に自分と同じ世界を意識するように無言で強制していたのかもしれない。ある意味、共演者の脳を占領するというテレパシーのようなものが発せられていたのに違いない。クリント・イーストウッドが製作した映画『セロニアス・モンク、ストレート・ノー・チェイサー』の中でも、ミュージシャンが「ここはCかCシャープか」と尋ねた時、「どちらでもいい。好きな音でいい。」と答えていた。「俺のサウンドがすれば何でもいいよ」ということなのだろう。それではマイルス・デイヴィスが「俺のソロではバッキングはするな」と言ったことも頷ける。マイルスはモンクに脳のコントロールを許したくなかったのだろう。

モンクと親しくしていた新宿のジャズ喫茶「DUG」のオーナー中平穂積氏にモンクの思い出を聞かせていただいたことがある。一九六六年の来日の時、彼が当時の「DIG」に立ち寄ったことがあり、帰国時に〈荒城の月〉が入ったオルゴールをお土産に渡したという。モンクはそのメロディーがいたく気に入り、帰りの機内でずっとオルゴールを鳴らしていたというのだ。さすがに回りのお客様からのクレームもあり、音を鳴らさないようにと注意されると、今度はトイレにこもって聴き始め、トイレから出てこない。簡単なメロディーでも脳にすり込まれるまでは止めない。そして、刷り込まれたメロディーは次にリスナーの脳に刷り込まれていく。まるで魔法のように……。（この曲は一九六七年に録音、「ストレート・ノー・チェイサー」に収録、同年七月に中平氏がニューポート・ジャズ・フェスティバルに行った時に彼の見ている前で演奏された。）

ジャズメンの中には、演奏時に神や宇宙、または自然と繋がった状態に陥るアーティストが多い。繰り返すが、モンクの演奏の場合は彼の脳と他人の脳を繋ぐ、テレパシーのようなものがあったのではないだろうか。

註

（1）　レマン湖／シヨン城

スイスとフランスにまたがる湖で英語ではジュネーヴ湖と呼ばれる。沿岸にはジュネーブ、ローザンヌ、モントルーといった都市が面している。ジャズ・フェスティバルで有名なモントルー近くには古城シヨン城があり、その姿は『モントルー・ジャズ・フェスティバルのビル・エヴァンス』のジャケットでジャズ・ファンには良く知られている。

（2）　モントルー・ジャズ・フェスティバル

スイスのレマン湖畔の街モントルーで開催される世界屈指のジャズ・フェスティバル。多くのライヴ録音が残され、どれもがジャズ史に燦然と輝いている。『モントルー・ジャズ・フェスティバルのビル・エヴァンス』『モントルー・アフター・グロウ／山下洋輔トリオ』『ライブ・アット・モントルー／マイルス・デイヴィス』など多数。

（3）　鯖江ブランド

日本人の繊細な職人技は世界的に評価が高い。世界の眼鏡産地として有名な福井県鯖江市で製造される「鯖江《サバエ》メガネ」は品質のクオリティも高く、大きなシェアを誇っている。

（4）　エヴィデンス

モンクが作ったオリジナル曲。メロディは違うがコード進行は〈Just you, just me〉に基づく。〈Just you,just me〉=〈Just us〉の言葉の響きが〈Justice〉= 正義に似ているため、新たに連想された言葉が裁判での証拠 =Evidence ということだったらしい。

（5）　キリコの絵

ジョルジョ・デ・キリコ（一八八八〜一九七八年）はイタリアの画家、彫刻家。形而上絵画を手がけ、のちにシュルレアリスム系の画家としてサルヴァドール・ダリと並んで人気が高い。

（6）　荒城の月

日本人の作曲家、瀧廉太郎（一八七九〜一九〇三年）が明治三十四年に作った日本の名曲。モンクはジャズ喫茶DIG・DUGのオーナー中平穂積氏にお土産で貰ったこの曲のオルゴールを大変気に入り、一九六七年同曲を〈ジャパニーズ・フォーク・ソング〉として吹き込んでいる。

第四章　スケッチ・オブ・スペインを追え　（Lookin' for his "Sketches of Spain"）

季節が戻って冷え込んだ店内の空気をさほど大きくないガス・ストーブがゆるめると、通りに面した窓ガラスが曇った。成瀬涼子は指でガラスを拭った。濡れて光った窓ガラスに写る髪を少し切った涼子の顔と、階下の下北沢の街角が溶け合う。ジャズ喫茶「天然の美」から見下ろす下北沢の夜の風景は、ほんのりとした商店街の照明と道行く若者たちとで織りなされ「街角」という言葉が良く似合う。小雨模様の中、傘の中で体を寄せ合うカップルや、小走りに駆けていく男が、涼子には映画のように見えた。店内でマスターのかけるマイルス・デイヴィスの『スケッチ・オブ・スペイン』[1]のB面はまるで街のサウンドトラックだ。ギル・エヴァンス[2]が指揮するオーケストラは夢の中で鳴っているようだ。翳りを帯びたマーチング・ドラムに乗って次第に大きくなっていくラッパの木霊のような響き。忘れていた遠い記憶が手招きするような繰り返し。

涼子はマスターの坂田の声で我に返った。

「涼子ちゃん、去年の夏、モントルーで出くわしたあの快盗、何てったっけ?」

坂田は坊主頭を撫でながらダミ声で尋ねた。

「快盗ブルーのこと?」

「そうそう、快盗ブルー。奴がまた、世間を騒がしてるようだよ」

涼子は急いで窓際から坂田のいる厨房に移動した。坂田はスマホを涼子にかざして見せた。ツイッターだ。坂田のスマホを受け取ると、そこには数多くのリツイートが並んでいた。

「どうしても藤澤貢が一九六一年に描いた『スケッチ・オブ・スペイン』が欲しいの……Bleu」

モントルーの時と同じだ。ブルーの犯罪告知ツイート。今度は日本語で書いてある。一九六一年というと、日本を代表する天才画家、藤澤貢が最晩年にパリに戻る前の数年間、東京に戻っていた時期の作品だろう。それにしてもマイルスのアルバムと同じタイトルの作品があったことは知らなかった。

「マスター、だから今、このレコードをかけたんですか?」

坂田は笑いながら頷いた。

「そうだよ。これは涼子ちゃんへの挑戦状なんじゃないか?」

「私への挑戦状?　まさか……」

「スイスで《次は本気よ》って言い残されたんだろう?」

涼子は少し顔を曇らせた。また、面倒に巻き込まれるのだろうか?

STEREO
LP
MILES
Sketches of Spain
arranged and conducted by Gil Evans
KOZO

（最近、アルト・サックスの練習もはかどらないし、ブルーなんかに関わってる暇はないのに）

「涼子ちゃん、これがね、不思議なんだよ。藤澤の作品記録の中に確かに『スケッチ・オブ・スペイン』というのが記載されているんだけど、誰もそいつにお目にかかったことがないらしいんだ。謎だねぇ……」

メガネの奥で涼子の眼がきらりと光った。

「捨てられたのかしら？　でも、ブルーが欲しいっていうのだから、どこかにあるのよね」

坂田が頭を撫でた。涼子は目を閉じている。

「マスター、藤澤貢についで詳しい人、知らないですか？」

「あ、いるね。最近、偶然知り合ったジャズ・ピアニストでフランス美術の研究者が。パリの音楽大学に留学していたこともある。ブルーに深入りしたくないなら、紹介しない方が涼子ちゃんのためかも知れないけどな」

涼子はまた顔を曇らせた。そして、諦めたようにため息をもらしながら答えた。

「マスター、紹介して下さい……」

坂田はスマホのメモを開いた。

涼子は藤澤の名前やいくつかの有名な作品について知ってはいたが、念のために改めて彼のプロフィールを追ってみた。明治生まれ。幼い時から絵の才能を発揮し、東京美術学校を卒業後、渡仏。第一次世界大戦に巻き込まれながらも、なんとか絵一筋で生き抜き、黄金の一九二〇年代には独特の色使いでブレイク。日本人の画家としてフランスの画壇で一躍寵児となった。第二次世界大戦後に日本に一時期戻るが、最後はパリ郊外にて死去。そして、『スケッチ・オブ・スペイン』についても調べてみた。

「なるほどね……ピカソと同じ時代を生きた歴史的な芸術家の一人よね。でも、『スケッチ・オブ・スペイン』のアメリカ・リリースの翌年、一九六一年に描いたというその絵はどこに……」

涼子はそうつぶやくと、坂田から受け取ったメモに目をやった。そのフランス美術の研究者と言われる人物のライブが来週あるという。場所は六本木のジャズクラブ。名前は黒田美紗。女性名だ。ジャズ・ピアニストというが、聞き覚えのない名前だ。坂田もたまたま知り合ったという関係らしいし、藤澤のことに詳しいかどうかもわからない。

涼子はとにかく六本木のライブハウスを訪れてみることにした。

六本木の交差点に程近いビルの一角にある老舗のライブハウス「a&B」は満員だった。小さな窓から見える東京タワーのブルーのイルミネーションがジャジーだ。初めて聞く名前のアーティストだったので、その盛況ぶりに涼子は驚いた。いつもの酷い形相でインプロを演奏している涼子とは無縁のライブハウスで、支払いもそこそこかかることもあり、今まで訪れたことはなかった。ママらしき美人に挨拶をして、今夜のアーティストのことを尋ねると気さくに答えてくれた。

「この娘、東京に来て間もなくて、うちも二回目なの。でも、あんまり演奏がいいんで噂が噂を呼んで満員御礼なのよ」

「東京に来てまもない？」

「パリから来たの。本職はフランス美術の専門家らしいわ」

満員のお客さんの間から、ステージを覗き込んだ。ピアノの前に黒いタイトなワンピースを来た若い女性が座っている。涼子は驚いた。坂田が何も情報をくれなかったので、勝手に年配の人かと思っていたのだ。モンパルナスのキキ(3)のような黒髪のボブカットに丸いサングラスをかけた、モデルのようなスタイルをした美人だった。その女性は鍵盤に手を置くと、いきなり高速のビバップのイントロを弾きはじめた。なんという歯切れの良い、粒立ったタッチ。演奏はそのまま、バド・パウエルの〈クレイゾロジー(4)〉へとなだれ込んでいく。サビからベースとドラムスが慌てたようについてくる。パウエルを基本として、時にキース・ジャレットを彷彿とさせる演奏に涼子は呆気にとられた。自由自在に動く指が鍵盤の高い音域に行くにつれ、それを追うように揺れるつややかな黒髪がなんとも美しい。涼子の血を騒がせる演奏だ。これならあっという間に評判になるのも無理はない。店内が熱気に包まれていく。

休憩時間に涼子は黒田に声をかけた。

「黒田美紗さん、素晴らしい演奏でした。すみません、私、坂田のところで働いている成瀬といいます」

「坂田さん……あぁ、ライブで一度お会いした方ね」

（ちゃっかりライブに行ってるんだ、坂田さん……）

「実はフランス美術に関してお聞きしたいことがありまして。少しだけお時間いただけますか？」

美紗は笑顔で頷いた。紅い唇が魅惑的だ。ノーベル賞作家が言った蛭のような唇という表現がしっくりくる艶かしさがあった。

「藤澤貢の『スケッチ・オブ・スペイン』という作品についてご存知ですか？」

美紗はまた笑顔のままでジタン[5]を一本取り出し、火をつけた。

「その絵は描かれたことは確かだけど、誰も見たこともなく、現存していないと言われているの。幻の名画ね」

涼子は目を閉じた。美紗が続けた。

「何でも、快盗ブルーが狙っているそうね」

涼子は鯖江ブランドの黒いセル眼鏡の奥の眼を光らせた。

「現存しないものをどうやって盗むんでしょうか？」

美紗が答えた。

「現存しないと言われているだけで、どこかにあるかも知れない。見つけ出して盗むというのがブルーらしいじゃない。あれば、相当な値打ちのもののはず」

「何の手掛かりもないのにですか？」

「でも手掛かりになる言葉だけは残されているわ」

「言葉?」

「一般的には知られていないけれど、藤澤がこの作品に『フェランとマイルスとソレアのために』というサブ・タイトルを付けたとの言い伝えがあるの」

涼子はマイルスのアルバム『スケッチ・オブ・スペイン』に〈ソレア〉という曲があったことを思い出した。ジタンの紫煙が遠くの東京タワーを曇らせる。

「ソレアって『スケッチ・オブ・スペイン』の中に入っている曲ですよね。一九六一年に描かれた絵ということですが、そのサブ・タイトルからして日本ではなくてヨーロッパで描かれたんでしょうか? 藤澤はその年また日本を離れていますし」

美紗が細い指の間に挟んだ煙草で、銀色の灰皿を優しく叩いた。

「違うわ。日本で描かれたものよ。ソレアというのはフラメンコ音楽の基本形で、スペイン語のソレダード、つまり孤独という意味に通じているの。サブ・タイトルの三つの固有名詞の一つ目のフェランというのは、スペイン人の作家の名前。フェランの文章にこんなものもあるわ。『孤独は追い求めても見つからないものだ。なぜなら、孤独を求めるたびに自分の影がつきまとうから』」

涼子は頷いてみせた。

「じゃ、ソレア、フェランには孤独というキーワードがあるんですね」

「そう、そしてマイルスの孤独感溢れるブルーなトランペット。完全に孤独という言葉がキーワードよ。藤澤はヨーロッパから何度か帰国して東京に住んでたけど、日本に住んでいる時の方がエトランゼで、激しい孤独感に襲われていたのね」

「じゃ、その絵は藤澤の晩年に日本で描かれたものだっていう訳ですか？」

美紗はにこりとした。

「その通り。だから、日本、多分、東京のどこかにあるはず。それをブルーが狙っている。そして、阻止するのは貴女。ジャズ探偵、成瀬涼子……」

（ジャズ探偵って……なんで知ってるの？）

涼子は眉間に皺を寄せた。

「阻止するって？　私がですか？」

美紗は煙草の火を消すと立ち上がった。

「失礼するわ。準備があるから……」


涼子は次のステージを待たず「a&B」を後にすると、その足で近くのブックストアーに立ち寄った。読書スペースのソファに腰を落ち着けると、スマホでソレアをググってみる。フラメンコの曲種の一つで、その由来はやはり孤独を思わせるところから来ているようだが、優美な歌唱で知られた女性の名前《ソレダッ》にも由来するという。それ以外にあまり情報はない。

涼子は苛立たしげにため息をもらすと、何気なく目の前にあった『あの頃の歌舞伎町』という写真集を手にとった。モノクロームの独特の景色から、昭和の匂いが香りたつ。東京オリンピック前の歌舞伎町と書いてある。この頃はコマ劇場が最大の劇場だったのだろうか。隣には新宿劇場という映画館が映っている。涼子はページをめくった。夜の街、歌舞伎町の在りし日の姿が掲載されている。ノスタルジーを覚えつつ、涼子は当時の歌舞伎町に思いを馳せた。その時、涼子は一枚の写真に目を留めた。バーや風俗の看板が乱雑に並ぶ中、一つの看板が涼子の意識を捉えた。小さな看板に「バー・ソレア」という文字がある。涼子は眼鏡の奥でしばたたいてから、小さな文字をもう一度確認した。間違いなく「バー・ソレア」だ。歌舞伎町のどの辺りだろう。写真の端に交番が映っているが、それは歌舞伎町交番かもしれない。涼子は居ても立ってもいられなくなった。ブックストアーを出ると、都営地下鉄の新宿方面のホームにたどり着き、歌舞伎町を目指した。

春の宵の少し浮かれた空気が漂う歌舞伎町に入り込むと、客引きの間を縫って北へ進んで行った。猥雑な店が立ち並ぶ風景は、それ自体が大きな妖怪のようだ。ライブハウスの草分けだったＡＣＢ会館[6]を通り過ぎると交番が見えてくる。数人の警官が輪になっている。小説の主人公、新宿鮫[7]が出てきそうな光景だ。交番の並びのビルに、幾つものネオンが赤く青く光っている。そこから地下へと続く階段から、体を寄せ合った男二人が上がってきた。ここが「バー・ソレア」があった場所に違いない。あの写真では交番の並びの、ちょうどこの辺りだった。地下に降りると、どれも扉を開けるのには勇気がいりそうな店ばかりだ。涼子はピンク色の看板がかかげられた「スナックさなえ」という店に決めた。《二十歳未満の方はお断りします》と注意書きも添えられている。涼子は思い切って扉を開けた。中は明るい雰囲気のカラオケ・スナックだった。カウンターの奥には髪を三つ編みにした可愛らしい感じのママが立っているが、よく見るとかなり年配のようだ。涼子に気づいたママは、おっとりとした口調で尋ねた。

「いらっしゃい。お一人？」

涼子は首を縦に振った。

「すみません。ちょっとお聞きしたいことがありまして伺いました。お時間はとらせませんので」

ママは怪訝そうな顔をした。

「新宿警察のお嬢さん？」

「……いいえ、違います。昔、この辺りにあった『バー・ソレア』について知っていることがあれば教えていただきたくて……」

ママはピースに火をつけてゆっくりと吸い込んだ。

「珍しいこと聞く娘ね。知ってどうするの？」

涼子は少し考えた。

「フランス美術史の研究をしていまして……画家の藤澤貢がソレアという名前をサブ・タイトルにつけた作品を残しているみたいで、もしかして『バー・ソレア』と何か関係があるのではないかと、調べているんです」

ママは煙を吐き出しながら目をそらし、ぼそぼそと言った。

「『バー・ソレア』のママね。お付き合いはないけれど、バーはこのビルが出来る前に閉めたらしいわ。伝説の店ね。噂だと新大久保駅近くの古い木造アパートでまだ一人で暮らしているそうよ。店のお客が言ってたわ」

「新大久保？」

「隣の交番で聞けばきっと分かるわ。もうそんなアパートはいくつもないから。貴女、何か飲む？」

涼子はお辞儀をして礼を言うと、そのまま帰ると答えた。

店を出た涼子は交番でそのアパートのことを尋ねると、管轄外にも関わらず、百人町にある二、三のアパートを教えてくれた。どれも歌舞伎町を越えて新大久保駅に向かう途中にある。涼子は日を改めてそのアパートを訪ねてみることにした。

*

次の日曜日の昼間、涼子は新大久保を訪れた。白いパーカーとデニムのショート・パンツにハイ・カットのホワイト・コンバースで、もう一度直感を研ぎ澄まそうと、わざわざ歌舞伎町経由で職安通り(8)を抜けてから百人町へ向かってみた。新宿を抜けると五分咲の桜がちらほらと目立つ。まだ肌寒いが、春の香りがほのかに風に溶けている。新大久保と大久保の間には多くの管楽器店[9]があり、涼子もたまに足を運ぶのだが、職安通りの裏手に当たる地域を訪れるのは初めてだ。涼子は交番で教えて貰った三つの古いアパートを探して、まず外から様子を伺ってみることとした。どれも朽ち果てそうな木造の、戦後を思わせるアパートだった。一番最後に見つけたアパートの共同玄関を覗くと、ちょうど中年の女性と目が合った。涼子は声をかけてみた。

「すみません。恐れ入りますが、ここにおばあさんがお一人で住んでいませんでしょうか?」

女性は怪訝そうな顔をしたが、爽やかな出で立ちの涼子に気を許したのか、一番奥の部屋を指差した。

「いますよ。ちょっと呆け気味だから、気づかないかも……」

涼子はお辞儀をして奥の部屋に向かった。古い部屋の扉の前に立つと木村と書かれた紙片が貼られている。涼子は扉をノックした。返事がないので再度少し強く叩いてみた。中から何か物音が聞こえる。扉が開いた。パジャマの上に赤いショールをかけた老婆が現れた。涼子は深呼吸をして老婆に尋ねた。

「初めまして。どうしても木村さんにお聞きしたいことがあってやって来ました。私、成瀬といいます。おばあちゃん、昔、歌舞伎町で『バー・ソレア』ってお店をやっていましたよね?」

老婆はうつむいたまま、何も話さなかった。

「おばあちゃん、藤澤さんっていう画家、ご存知ですか? フランスの画壇で活躍していた……」

老婆は顔をあげた。そして、玄関のすぐ奥にある台所の一角を指差した。そこの壁には五十号ほどの不思議な絵のキャンバスが立てかけてある。キャンバスは四方の隅だけを残してくり抜かれている。そして、その四隅の上部は鮮やかな黄色、下部は真紅の絵の具が厚く塗られていた。

「おばあちゃん、この絵のくり抜かれたところは何処へ行ったの?」

老婆は自分の胸を指差した。そして、口を開いた。見た目よりしっかりした口調だった。そして、赤いショールをすっと動かす仕草にほんのりと色香が漂った。

「あんた、誰だね……」

涼子は突然の問いかけに息を飲んだ。

「私は成瀬、成瀬涼子というものです。音楽家です。『スケッチ・オブ・スペイン』という絵があるという噂を聞きつけて、考えているうちに、なぜかここにたどりついたんです……」

老婆はゆっくりと天井を見あげた。

「この絵のことはあの人以外、誰も知らないはずなのに……」

「あの人以外?」

老婆は目を閉じて、ゆっくりと口を開いた。

*

一九六一年六番町。

木村咲子は仕事を終えると夜はモデルの仕事につく。モデルと言っても、ある一人の画家の専属モデルだ。画家はフランスで活躍していて世界に名を知られる藤澤貢。藤澤はフランスからの帰国後、東京の六番町にアトリエを構えた。彼は同じ六番町の喫茶店で働いていた咲子を一目で気に入り、専属のモデルとして雇っていた。咲子は抜群のプロポーションという訳ではなかったが、その肌の白さは藤澤が好んで使う独特の透き通るような乳白色の絵の具の題材としてこの上もなかった。

藤澤は一枚のレコードを手に入れて以来、四六時中、レコード・プレイヤーのターンテーブルにそれを乗せていた。ジャズ界で人気絶頂だったマイルス・デイヴィスの新しいアルバムだ。スペインをテーマにギル・エヴァンスが編曲、ビッグ・バンドと録音されたもので、モダン・ジャズの4ビートとは一線を画したサウンドが藤澤の感性に響いたのだった。

一九六一年のある日、有名な〈アランフェス協奏曲〉が収録されているA面ではなく、B面を愛聴していた藤澤は二曲目の〈サエタ〉の木霊のような金管楽器の響きとマーチングのスネアが大音量で鳴り渡る中、筆を黄金色の絵の具に浸していた。曲が進むにつれ、彼は筆を咲子の真白な裸体に撫でつけていく。そこに描かれたのは、あたかもクレオパトラが身体に纏う宝飾のように大胆で、かつ繊細な模様だった。咲子の白い柔らかな肉体がキャンバスとなって、鮮やかな黄金色が刺青のように輝いていく。マイルスのオープン・トランペットが高らかに奏でられていく。歯切れのいいブラスのアンサンブルと高音のフルートがマイルスのトランペットを包む。曲が〈ソレア〉に移ると、藤澤の筆は一気に進んだ。まるでノンブレス奏法(10)のごとく一筆で描き終え、一息つくと、彼は背後にあるキャンバスの方に移動した。そのキャンバスは中心の殆どがくり抜かれていて、残された四方だけに絵の具が塗られている。藤澤はくり抜かれたキャンバスの向こうに咲子とその体に描かれたペインティングが位置するように調整を試みた。そこには艶めかしく輝く肉体が溶け込んでいる。くり抜かれたキャンバスにぴったり納まった咲子の肉体こそが藤澤の作品だったのだ。情熱的で柔らかく、神秘的な女性の美。藤澤は呟いた。

「咲子、お前こそがソレアだ……」

*

老婆が静かに語った。

「藤澤は私を寝床に横たわらせると、ひどいね、私を抱きもせず、睡眠薬を飲んで添い寝したまま昼まで寝ちまった。子供のように満足そうな顔をしてね……私は朝、体の絵の具を全部流したよ。悔しいじゃない。それでこの話はおしまい……」

涼子は老婆に頭を下げ、キャンバスを見せてほしい、とお願いした。老婆は頷いた。涼子は部屋にあがり、キャンバスに近づくと、黄色と赤色に塗られた四隅に見入った。そして、上部の黄色く塗り潰された隅の裏を一つ一つ確かめると、そこには例の文章とサインが記されていた。『フェランとマイルスとソレアのために』そして、M. Fujisawaと筆記体のサイン。日付は一九六一年。

「これだわ！『スケッチ・オブ・スペイン』に間違いない。絵はおばあちゃんの身体のボディ・ペインティングだったのね。それも一夜限りの……」

その時だった。ドアの向こうから高い笑い声が響いて来た。扉が開き、そこに、なんとピアニストの黒田美紗が立っていた。

「涼子さん、お疲れ様。随分早く探し当ててくれたのね、幻の『スケッチ・オブ・スペイン』……」

涼子は美紗を見つめた。「a&B」であった時はボブカットだったのに、今は輝やくような長髪黒髪で、前髪はパッツンと揃えられている。そして、濃紺のワンピースを着ていた。

「黒田さん、貴女、もしかして私をつけていたの？」

「ごめんなさい。涼子さんならきっとこの絵を見つけてくれると思って、捜索をお願いしたって訳。後は私が頂いてパリに帰るだけ」

涼子は息を飲んだ。

「黒田さん、貴女、ブルーなのね……」

黒田美紗、いや快盗ブルーはうふふ、と不敵な笑みを浮かべた。

「さ、私にも見せてちょうだい、幻の藤澤貢の名画を！」

涼子は肩をすくめてみせた。美紗が不可解そうに頭を傾げ、長い黒髪が右頬にかかった。ブルーは髪を耳の後ろにかき上げた。

「ブルー、残念だったわね。あの絵はこちらの、木村咲子さんの身体に描かれたもの。一晩限りの名画だったのよ。エリック・ドルフィーじゃないけど、一度描いた絵は空に消えてしまって、もう二度と取り戻すことは出来ないの」

涼子はキャンバスを指差した。ブルーはキャンバスを遠目に見た。

涼子は言った。

「まさか、天下の大泥棒、快盗ブルーがおばあちゃんの想い出の、しかもぽっかりと穴が空いたキャンバスを持っていくなんてことはしないわよね？　それとも、このおばあちゃんごと、パリに持っていく？」

ブルーは高笑いした。

「私、涼子さん、好きよ。残念だけど、今回もまた収穫なしね。パリに帰るわ。次、会えるのはいつかしら？」

ブルーは涼子に投げキスを送ると涼子に背を向けた。

「待ちなさい、ブルー！」

涼子はそう叫んで玄関に駆け寄り、体を乗り出して廊下を見渡したが、もうブルーの姿はなかった。涼子はため息をついた。

＊

「マスター、やられたわ。マスターが紹介してくれたフランス美術史の研究家、黒田美紗は快盗ブルーだったんです」

坂田は目を丸くして、丸坊主の頭を撫でた。

「本当かい？　あの、美人ピアニストが？　で、涼子ちゃん、捕まえたの？」

涼子は首を横に振った。

「……逃げられました。すばしこいんだもん」

坂田は広げた両方の手の平を天井に向けた。

「黒田美紗、凄い美人だったけど、あれが素顔であるはずはないですよね。髪型だっていつも違うし、あんなに堂々と素顔を見せるわけはないわ」

「でもさ、いずれにせよえらい美人なんだろうな……黒田美紗。もう一度拝みたいなぁ」

坂田が能天気に言うと、涼子は唇をとがらせた。

「いい気なもんね。結局、私、またブルーに弄ばれたわ」

「はは、違うさ、今回も勝ったのは涼子ちゃん、ジャズ探偵さ」

涼子は突き出した唇を元に戻した。

「マスター、お客さん、誰もいないし、アルト・ソロ、してもいい？　久しぶりに聞いて下さい」

坂田は頷いた。涼子は楽器をセッティングすると、いつものようにノンブレスで反復するフレーズを執拗に吹いた。そして、海からの強い風のようなブローイングを数分続けると、やがて凪のような音色で夕暮れを思わせる響きを奏でた。

坂田が手を叩いた。と同時に、涼子にはもう一つの拍手を聞いた気がした。はっとして店の入り口の扉に目をやると、あのエキゾチックな前髪の女の顔がガラス越しに見える。

「マスター、ブルーよ！」

坂田は涼子の指差す方向に目をやった。

「え、誰もいないよ、涼子ちゃん……」

涼子は下唇をギュっと噛み締めると、目を閉じ、黒田美紗の顔を思い浮かべた。そして、呟いた。

「至急、魂を解放せよ！」

Jazz Detective, Ryoko Naruse's mysterious Jazz Megané diary-Lookin' for his "Sketches of Spain"

［エチカ4］　マイルス・デイヴィスとギル・エヴァンス

マイルス・デイヴィスには二つの側面がある。文学的なマイルスと絵画的なマイルスだ。「卵の殻の上を歩くような」と形容されたハーマン・ミュート・トランペットによる五〇年代、六〇年代のバラード・プレイは文学的な香りがする。そして七〇年代のエレクトリック・マイルスの全体像、特に『ビッチェズ・ブリュー』などはまさに極彩色の絵画のようである。この二面性はマイルスの音楽性の中でなんら矛盾することはないが、時期によって、それぞれが色濃く現れてくる。絵画性が強く現れるのは、アレンジャーのギル・エヴァンスの影響が強く関与している時だろう。

マイルスは若い頃はチャーリー・パーカーの元でビバップの洗礼を受け、速いフレーズやアーティキュレーションを求められた。その方向性に違和感を感じたマイルスは一九四八年に方向転換をし、一九四九年には九重奏団による『クールの誕生』というアルバムをキャピトル・レコードに吹き込む。このサウンドは理路整然としており、練られたアレンジを縫って、冷静なソロがくり広げられている。ここにはアレンジャーのギル・エヴァンスが編曲に参加しており、通常のビッグ・バンドでは使われない楽器、フレンチ・ホルンなどが使用され、ソフトな仕上がりをみせていた。ギルはクロード・ソーンヒル楽団で編曲を担当していて、その上品で魔術のようなアレンジには卓越したものがあったが、一九四七年にパーカーの〈ドナ・リー〉をクロード・ソーンヒル楽団で取り上げることになったギルがマイルスに連絡をとったのが二人の縁とのことである。マイルスは『クールの誕生』を発売するとまたクインテットによるビバップの発展系のようなヒット・アルバムをプレスティッジで発売するが、米コロンビア・レコード移籍後第一弾の『ラウンド・アバウト・ミッドナイト』の〈ラウンド・ミッドナイト〉では、ジャズ界で定番となるアレンジも施されている。このアレンジの原型はギルの発案によるものだが、クレジットはされていない。

初期コロンビア・レーベルでのマイルスの演奏はやはり文学的、もしくは墨絵的な表現に繋がる曲が多かったが、ギル・エヴァンスと組んだ最初の三部作は非常に色彩豊かな絵画的作品となった。ビッグ・バンドとの共演ということもあるが、ギルのアレンジは編成の楽器を超えて、実在しないような楽器音まで響かせるマジックを持っていた。名盤『スケッチ・オブ・スペイン』はスペインの音楽をモチーフに絵画を見るようなアルバムとしてベスト・セラーとなった。

この後、マイルスはモード奏法を中心に、ライヴ録音での熱い演奏を多く残し、エレクトリック・マイルスへと進んでいく。『イン・ア・サイレント・ウェイ』から続くエレクトリック・マイルスの絵画的な展開はコロンビアでの契約末期まで続いていく。この期間、マイルスのギルへの信頼は続いていて、一九八三年の『スター・ピープル』では彼はアレンジャーとしてライナーノーツでは紹介されている。ジャケットはマイルス自身による絵画だ。マイルスは一九九一年にモントルー・ジャズ・フェスティバルでクインシー・ジョーンズ指揮によるギル・エヴァンス・コラボ曲を再演した。マイルス&ギル、そして、そこから発展した絵画的なマイルスの世界。その結果、ジャズは一つ高い極みに押し上げられたのだった。

註

(1) スケッチ・オブ・スペイン
米コロンビアから一九六〇年に発表されたマイルスとギル・エヴァンスのコラボ作品の三作目。スペインをテーマに有名な〈アランフェス協奏曲〉が収録。ギル・エヴァンスの魔術的なアレンジは実際に入っていない音まで聞こえてくるような広がりをみせる。マイルスの緊張感溢れるトランペットも歴史的な名演だ。

(2) ギル・エヴァンス
天才的編曲家。クロード・ソーンヒル楽団からキャリアを重ね始め、マイルスとの共演でその名を後世に残す。魔術的なアレンジで幻の音まで産んでいく。菊地雅章とのコラボも重ね、エレクトリック・マイルスにも影響を与えた。ジミ・ヘンドリックスとの共演も企画していたがジミの急死で叶わなかった。のちに『プレイズ・ジミ・ヘンドリックス』を録音。

(3) モンパルナスのキキ
「モンパルナスのキキ」として名を残したフランス人女性。本名はアリス・プラン(一九〇一〜一九五三年)。ナイトクラブの歌手・女優・モデル・画家。ユトリロ、モディリアーニ、藤田嗣治らのモデルとしても有名。

(4) クレイゾロジー
バド・パウエルのオリジナル曲でBbの循環と呼ばれる曲。元のコードは〈アイ・ガット・リズム〉がベース。

(5) ジタン
フランス製の大衆紙巻き煙草。

(6) ACB会館
新宿歌舞伎町にある老舗のライヴ・ハウス。六〇年代はジャズ喫茶と呼ばれた。

(7) 新宿鮫
大沢在昌原作による警察小説。新宿署に勤務する鮫島が活躍するハードボイルド。

(8) 職安通り
歌舞伎町から新大久保に向かう通りに職業安定所(現ハローワーク)がある。その通りは職安通りと呼ばれるが、近辺はコリアン・タウンとして賑わっている。

（9）　管楽器店

新大久保、大久保界隈には日本有数の管楽器専門店、修理店が並ぶ。海外の有名ミュージシャンたちも楽器のメンテナンスのためにわざわざこの地を訪れる。

（10）　ノンブレス

循環呼吸奏法。循環呼吸奏法とは管楽器を息継ぎなしに吹き続ける奏法。口で息を吐きながら同時に鼻で吸うことで切れ目のない演奏となる。なんとも不気味な奏法だ。

第五章　スパロウが翔んだ　(When Sparrow jumped)

昼間は潮風と混じり合う街の喧騒も、夜になるとすっかり静まりかえる。特に初秋を迎えた平日の夜は、鶴岡八幡宮への参道「段葛(1)」が改修中ということもあり、景色も見えず、ヒグラシの鳴き声ばかりが響いて、どこか遠い地方の街にいるかのようだ。成瀬涼子は学生時代の親友、速水知佳が始めたカフェでソロ・ライヴをやるために古都、鎌倉を訪れていた。知佳は学生時代、美大のグラフィックの専攻で一緒だった。涼子はなぜか音楽の道を歩んだが、知佳はイラストレーターになって鎌倉に移り住み、最近、古い蔵を改造してカフェを開いたばかりだ。趣味のアンティーク収集を活かしたインテリアで、店はしっとりとした佇まいを感じさせ、そこそこ繁盛もしている。開演前のひと時、二人はしばしの平和な時間を楽しんだ。

「知佳、素敵な時計、手に入れたわね」

涼子は丸い眼鏡のメタル・フレームに手を当てた。知佳は、紅茶を涼子に差し出しながら笑った。

少し丸い顔立ちで、唇の横にあるホクロが彼女のチャームポイント。知佳はシンプルな出で立ちが多い涼子と違って、ガーリーな服装の女子だ。

「あぁ、あれね。あの柱時計は新宿のジャズ・バーのマスターNさんに譲っていただいたの」

涼子はその名前を聞いて、モントルー・ジャズ・フェスティバルでのステージを思い出した。快盗ブルーが狙った、Nさんがモンクにプレゼントしたオルゴール付き時計。とんだ騒動に巻き込まれたものだ。あれから、ブルーとの関係が始まった。そして、この前の藤澤の幻の絵の事件。何かの因縁というのはこういうことをいうのか、と涼子は自分の世界に一瞬入った。知佳が珈琲を味わうように飲むと、涼子の手にすっと触れた。

「涼子、私、最近この通り、骨董品にはまってて、そういった関係の雑誌を読むようになったの。そしたらね……」

「そしたら?」

知佳が涼子の手をギュッと握った。

「そしたら、その雑誌にへんな広告が出てたのよ」

涼子の目が輝いた。

「ニューヨークの有名なオークション会社が、競売を開催するんだけれど、参加資格を限定しているの。それも、おかしな方法で……」

「なにに?」

「これよ」

知佳がアンティークの雑誌を取り出した。付箋が挟んである。ページを開くとそのまま涼子に差し出した。そして、そのページのニュース欄を指差した。

『ニューヨークの大手オークション会社が×月×日に開催する競売の参加者を募集している。下記の謎を解き、出品物の正体がわかった者が参加資格を得る。申し込み及び解答は下記HPにて受付中。なお、対象の品の落札は十四万ドルからのスタートとなる』

涼子は紅茶を飲み干した。

「なにそれ、もう明日の話じゃない。どれどれ」

記事の下に簡単な文章が掲載されている。

〈Black and White Fantasy loved Carmen.Sparrow〉

「え、黒と白の幻想がカルメンを愛した。Sparrow……ってこと?」

「そういうこと。これだけじゃ、何が何だかわからないわよね。涼子、謎解きは得意でしょ。挑戦してよ。快盗ブルーとの対決だってネットではちょっと有名な話になってるわ」

片手を振って苦笑いをする涼子。

「私は巻き込まれているだけ。うーん、Sparrowって何だったかなぁ……」

「ジャック・スパロウ[2]でしょ。ジョニー・デップ気取りかしら。意外とミーハーだわね」

知佳が続けて話そうとすると柱時計が八時の鐘を鳴らした。

「涼子、時間だわ。お願いね！」

涼子はスマホでググろうとしていた手を止め、羽織っていた白いシャツを脱いだ。マウス・ピースのリードを調整する。そして、スパロウ、スパロウ、と呟きながらカウンター横のスペースに立った。小さな店内にお客さんはいっぱいだ。涼子は目をつぶって、しばらくして開くと珍しく演奏前に言葉を発した。

「最初の曲はスパロウに捧げます」

いつものようにノンブレスで低い音のアルペジオが始まる。狭い店を揺らす地響きのようだ。そのフレーズはいつもよりも長く続いた。涼子の頭の中ではスパロウのイメージが駆け巡っている。ふと、目覚めたようにフリーキーな音が暴力的に現れた。涼子の〝魂の解放〟が始まったのだ。

演奏を終えた涼子の気持ちは再び謎解きに向かった。スマホでスパロウを日本語、英語でググってみる。

「やっぱり雀か、ジョニー・デップばかりね……」

「海賊が盗んだ財宝かしら？」

「うーん、どうかな。ただ、黒と白の幻想ってエリントンっぽいなぁ。エリントンは〈黒と褐色の幻想〉だけど。この出品者はジャズ好きかも……」

知佳が相槌を打った。

「かもね」

涼子は検索に〈スパロウ〉と〈ジャズ〉をうち込んでみた。結果は同じだった。

「何だっけ、スパロウ。聞いたことあるんだけどなぁ。思い出せない……」

涼子は終電近い湘南新宿ラインに乗って都心へ帰っていった。

(鎌倉でインプロってのもなかなか乙だわね)と思いながら、最初に即興で演奏した〝スパロウに捧げる曲〟が頭に浮かんでは消えていく。別にオークションに参加するわけでもないので、焦ることはないけど、答えが発表される前に解き明かしてみたい。涼子は血が騒いでいるのを感じた。

「明日、お店に出たら坂田さんに聞いてみよう。坂田さん、いろいろ詳しいから……」

涼子は呟いた。電車が多摩川を渡ると涼子は急に眠りに落ちた。

＊

下北沢のジャズ喫茶「天然の美」は常連客が多いが、午前中は暇なことが多い。そんなときはマスターの坂田と涼子のジャズ談義の時間だ。涼子は昨日の件を早速、坂田に話した。

「マスター、スパロウってわかります?」

坂田は頭をこすりながら答えた。

「そりゃ、雀だろ」

「それはそうだけど……昨日ね、鎌倉の友達の店で謎解きの文章を見せられたんです。アンティーク雑誌にニューヨークのオークション会社が謎解きを出して、それに答えられた人だけが参加出来るという」

そう言って、昨日のメモを坂田に見せた。

「ほう、酔狂な奴もいるもんだな。どれどれ」

坂田は老眼鏡をかけると何度も首を縦に振った。

「そうかぁ。スパロウって雀だろ。涼子ちゃん、雀は鳥だよな?」

「もちろん、雀は鳥でしょ」

「鳥は英語で?」

「バード?」

坂田は勝ち誇ったように高笑いをすると、入り口近くにあるレコード棚に歩いて行った。そして、一枚のレコードを持って来た。

「あれ、パーカーの『マッセイ・ホール』ですね」

ジャケットのクレジットにはディジー・ガレスピーやバド・パウエルに並んで、チャーリー・チャン[3]という名前が記されている。このレコードは元々、パーカーのレコード会社の専属契約の関係なのか、借金取りから逃げるためなのか、偽名でチャンとクレジットされている。チャンというのは彼の妻の名前なのだ。坂田はそのジャケットを裏返した。そこにはライナーノーツがぎっしりと書かれている。

「読んでごらん」

涼子はすぐに驚きの表情を見せた。ライナーノーツの書き出しがいきなり〈When Sparrow jumped last〉で始まっているのだ。頭の中で涼子は英文を訳していった。

「パーカーの最後について書かれているけど、『スパロウズ・ラスト・ジャンプ』という小説をエリオット・グレナードという人が書いているのね」

「そうなんだよ。バードの最後を小説にしているんだよ。バードを小説にしたのは、これとか、アルゼンチンの小説家、コルタサル[4]が書いた『追い求める男』なんかある。『スパロウズ・ラスト・ジャンプ』はマニアには人気があって、七〇年代の「ユリイカ」[5]で片岡義男が翻訳してる。この小説の主人公はスパロウ・ジョーンズ。ジャンキーで廃人なんだけど、ある日、突然天才的な演奏をしだすんだ。もうほとんど死に向かう時点でレコーディングをするという話。その描写がすさまじい」

「スパロウ・ジョーンズね。ジャック・スパロウじゃなくて……」

「それにこの小説に影響されて、元都知事が『ファンキー・ジャンプ』という短編も書いてる。両方とも家にあるよ。いずれ古本コーナーで売ろうかと思ってたところだったよ」

「元都知事って、石原さん?」

坂田は微笑みを浮かべた。

「スパロウはバードのこと？　マニアックね。でも、黒と白の幻想って、エリントンっぽいですよね。なんなんだろう？」

「これから先は涼子ちゃんの推理の真骨頂だろ」

涼子は目を閉じた。

「ねぇ、マスター、レコードかけていいですか？」

坂田はうなずいた。パーカーとガレスピーが〈パーディド〉のメロディを奏でたかと思うとすぐにパーカーの分厚い音のソロが始まった。涼子はその音に集中した。

＊

一九五三年五月トロント。

興行主のオスカーは頭を抱えていた。

「みんな、どこへ行きやがった。バードとディズは二人共遅れて、バードは手ぶらで来たかと思ったら、今度は君とミンガス以外、誰もいない！　どこにいるか知らないか、マックス？」

困惑した顔でマックス・ローチは答えた。

「ディズは楽屋でボクシングの試合を見てますよ」

この日は生憎、ボクシングの世界タイトル・マッチ、ロッキー・マルシアノ対ジャーシー・ジョー・ウォルコット戦に当たってしまい、チケットが半分も売れていない。

「奴までボクシングか。そりゃ、チケットが売れないわけだ。で、バドとバードは？」

ローチは迷惑そうに答えた。

「バドは着いてから通りのバーでずっと飲んでます。奴にしたって二週間前に退院したばかりでぼろぼろですよ。バードは知りません」

ステージの外れでテープレコーダーを調整していたミンガスが答えた。

「奴は楽器を持たずに手ぶらで来やがった。質屋に入れてしまったのさ！　楽器を調達しに街へ行ったよ。どれだけ天才でも楽器がなきゃどうにもならない。歌なら俺の方が上手い」

オスカーはまた頭を抱えた。

「スーパースターの集まりなんて嘘っぱちだ。頭のおかしい、仲の悪い連中たちを集めてしまってとんだ災難だ。おまけにタイトル・マッチの夜ときたか。ついてないな」

突然、大きな声が聞こえた。

「みんな、幸せかい！」

バードが新聞紙に包んだ物を片手にステージの下手から現れた。オスカーはバードを睨みつけた。

バードは一歩後ろに下がった。

「そう怖い顔しなさんな。ほれ、この通り楽器は調達してきたよ」

バードはそう言うと包みのフランス語の新聞紙を開けた。そこには白いプラスティック製のアルト・サックス(7)があった。

「なんだ、それは……」

「見ての通り、アルト・サックスじゃないか」

「アルト・サックスって、プラスティックのおもちゃだろう！」

バードはオスカーに顔を近づけた。

「ノー！　俺様が吹けばおもちゃだって最高の音を出してくれる。心配は無用さ」

そう言いながら楽器を組み立てると、バードは軽くアドリブをした。それは紛れもなくチャーリー・パーカーの神の音だった。

＊

二〇一五年、ニューヨーク、グリニッジ・ヴィレッジ。マンハッタンの古い街並みの樹木を、秋の風が軽やかに揺らす。ジャズ・クラブの老舗「ヴィレッジ・ヴァンガード(8)」からほどない場所の古いビルの一角に、オークション会場が設営され始めている。年配のオーナーのゴードンは中央に置かれた一メートル四方程のガラスケースを白い手袋をした手で触りながら、一人ほくそ笑んだ。

「さぁ、参加者は何人になったじゃろうか。楽しみだのう」

フロアーの設営準備の人員に混じって、多くの警備員が四隅を見張っている。窓からは秋の澄んだ夜空が広がって見える。いよいよ今夜、あの謎解きが出来たものだけが参加できるオークションが開催されるのだ。アシスタントがゴードンに尋ねた。

「品はいつ運びこめばよろしいでしょうか?」

ゴードンは白い髭を撫でた。

「そうじゃな、オークション開始の直前でいいだろ」

アシスタントはきびきびとお辞儀をして、「Yes, sir」と答えた。

*

「天然の美」の電話がなった。涼子はレコードをかけたまま受話器をとった。

「あ、私ですけど……なんだ、知佳なの? 珍しいわね、お店に電話なんて」

「何度も携帯に電話したのよ」

涼子はポケットの中から携帯を取り出した。知佳からの着信がいくつも入っている。

「涼子、また出たのよ」

「出たって? 何が?」

「ブルーよ、快盗ブルーよ!」

「ブルー!」

涼子は高い声を出した。

「ブルーのツイートが、また拡散してるの。近々ニューヨークで何か事を起こすようよ」

涼子は少し安堵の表情をみせた。ニューヨークなら関わり合いになることもないからだ。

「ニューヨークは遠いし、私には関係のない話。ニューヨーク市警が戦ってくれるわよ」

「そうね。でも、お目当ての物は謎だというのよ。特定されているのはニューヨークだけ……」

「謎？　謎解きのツイートもないの？　謎に包まれた品物がお目当て？　謎のもの謎のもの……」

涼子は繰り返した。店内にはパーカーの『マッセイ・ホール』(9)のA面がかかっている。曲は三曲目の〈オール・ザ・シングス・ユー・アー〉になった。イントロ途中からカット・インするという何ともお粗末な録音だ。ガレスピーのメロディの間を縫ってパーカーがオブリガートを入れ、サビはパーカーのメロディとなる。そして、先発はパーカーのソロだ。借りて来たプラスティック製のアルトとは思えない分厚い音。速いフレーズも自由自在。そして、このアルバムでは頻繁に登場する有名曲のメロディの引用。ガレスピーもパーカーも次々と引用フレーズを繰り出す。最初の曲、〈パーディド〉ではガレスピーが〈ローラ〉を引用して、拍手喝采を浴びている。涼子は五人のステージを頭に思い浮かべた。ガレスピーは火を吹くようなソロをとっているが、ソロが終わるとすぐ楽屋に戻って、ボクシングの試合をテレビで見ていたとは、想像もつかなかった。このジャズ・ジャイアンツが揃ったのは後にも先にもこのマッセイ・ホールのステージだけなのだ。曲は〈52丁目のテーマ〉になだれ込んで、A面が終わった。涼子は知佳に「ちょっと待って」と言ってレコードを

B面に返した。涼子は改めてオークションの謎かけの文章を思い出した。

「黒と白の幻想がカルメンを愛した……黒と白の幻想。エリントンのようでいてエリントンでない。エリントンは忘れて、ここはスパロウ、つまりバードだけに特定した方がいいかも……」

涼子は電話口で一人言のように言うと目を閉じた。B面の最初は火を吹くような〈ウィー〉。そして、二曲目の〈ホット・ハウス〉の途中で涼子は知佳に言った。

「ごめん、一度切るね、ちょっと気になることがあったから」

そう言って電話を切ると、涼子はレコードのところに行って、もう一度、〈ホット・ハウス〉に針を落とした。

「そうだ。もしかして、このこと?」

ガレスピーのMCに続いて、パーカーとガレスピーがテーマをユニゾンする。そして、パーカーのソロが始まる。プラスティック製のアルトが疾走していく。そのソロの途中だった。涼子はパーカーのフレーズに耳を傾けると、レコードの針を上げ、もう一度、その箇所に針を落とした。

「これだわ!」

パーカーは〈ホット・ハウス〉のソロ、ワン・コーラス目の終わりで引用フレーズを挟んでいる。

それは、ビゼーの〈ハバネラ〉だった。

「ハバネラ……オペラ『カルメン』[10] のアリアじゃない!」

涼子はもう一度針を落とした。四小節、『カルメン』の〈ハバネラ〉を吹いている。カルメンはここにいたのだ。

「〈ハバネラ〉。『恋は気まぐれな鳥』という歌詞だったわ。バードにぴったりね」

涼子はそういうと何度も頷いた。そして、携帯を取り出した。世田谷警察署の刑事、相良明に電話するためだ。

＊

ニューヨークのオークション会場では深夜の開場時刻を迎えていた。ビルの外にはリムジンが並び、オープンを目指してドア前に十数人程の参加希望者が並んでいる。一人で黙って時間を待つ者もいれば、あの謎解きについて解説し合っている者たちもいる。いずれにせよ、解答を送り、オークションの参加を許された者たちだ。

会場のドアが開けられた。一人ずつ名前を確認されると、シャンパンが手渡される。そして、十七世紀頃のアンティークなテーブルに案内されていく。オーナーのゴードンは集まった客のテーブルを回り歓迎の挨拶を始めた。

「今宵はこのオークションにようこそ。皆様、よくぞ、あの謎を解いてお越しくださいました。素晴らしい方々です。豊かな知識をお持ちの頭脳明晰な方ばかりです。間もなく本日のオークションの品が運び込まれます。十四万ドルからのスタートです。しばらくの間、お寛ぎください」

会場は緊張感が漂い始め、静かな空気になって来た。そして、突然会場がどよめいた。オークションの品が白い布を被せられ、奥の部屋から運び込まれてきたからだ。参加者は紳士的に拍手を持って出迎えた。

「さぁ、皆様、ゆっくりとお楽しみください。オークションはお食事の後に開始いたします」

*

「相良さん、涼子です。相良さん、ニューヨーク市警にお友だちがいるって、この前、言ってましたよね。その人と今、連絡取れますか？」

「涼子さん、お久しぶりです。どうしたんですか、突然？」

涼子は時計を見ながら、早口で答えた。

「今、ニューヨークは夜中の十二時だわ。大至急、そのお友だちに連絡をとっていただきたいんです。あの、快盗ブルーがもうすぐグリニッジ・ヴィレッジのオークション会場に現れます。そして、また盗みを働きます！」

「ブルーが！　いったい何を盗むって言うんですか？」

「パーカー、チャーリー・パーカーがトロントのマッセイ・ホールで吹いたプラスティック・アルト・サックスです！」

「ブルーがまた予告を？」

「ツイートがありました。ニューヨークでことを起こすって……ブルーの大好きな謎解きもない……ブルーにしては珍しいですよね。でも、謎というのは、その通りだったんです」

「と、いうと？」

「謎、そのものがブルーのお目当てのものなんです」

涼子はそう言うと、今までのいきさつを簡単に話した。

「つまり、謎解きの答えの品を盗むってことです」

「じゃ、ブルーはその謎解きをして、またそれを手に入れたくなったってことですね。奴らしいな」

「相良さん、感心している場合じゃないです！　すぐにニューヨーク市警のお友だちに電話して、オークション会場を取り囲んでください！」
「涼子さん、すごい意気込みですね。本当にパーカーのプラスティック・アルトなんですか？　そうだとしたらブルーが狙うのも無理ありません。でも、オークションの品物が違ったらとんだ失態になりますよ」

「相良さん、私のこと、信用していないんですね」

涼子は声を荒げた。

「い、いや、そういうわけじゃないけど……ニューヨーク市警を動かすんだから、確実じゃないと……」

涼子は大きく息を吐きながら、ゆっくりと答えた。

「答えはこういうことです。黒と白の幻想とは最初はエリントンの関連かと思いました。ただ、スパロウという名前をスパロウ・ジョーンズと仮定して、パーカーに的を絞ってみたんです。そして、その名前がライナーノーツの冒頭に出てくる『ジャズ・アット・マッセイ・ホール』のアルバムを聴いているうちにわかったんです。あのライヴではパーカーもガレスピーもアドリブの中でいろいろな曲の引用フレーズを吹いています。その中でB面の2曲目の〈ホット・ハウス〉でパーカーは〈ハバネラ〉を吹いています。〈ハバネラ〉って何だかわかりますか、相良さん？」

「うーん、何だっけ？」

「いいです。時間がないから教えます。〈ハバネラ〉はオペラ『カルメン』のアリアです。つまり、愛されたのはカルメン、そのメロディです。そして、愛した人は黒人で白いアルトを吹いていた男。黒と白の幻想。マッセイ・ホールのチャーリー・パーカー、その人ということです！　そのプラスティック・アルトがオークションにかけられる。価格も妥当です。その謎を解いたブルーがじっとしているわけがないでしょう」

相良は電話口の向こうで頷いているようだった。

「わかった。大至急、ニューヨークに電話してみよう」

＊

グリニッジ・ヴィレッジのオークション会場のビルはサイレンを鳴らした十数台のパトカーに取り囲まれた。会場の全員が下の様子を眺めるため、窓際に急いだ。

「何じゃろ。確かめて来なさい」

オーナーのゴードンはアシスタントにそう指示したが、アシスタントが動く前に十数名の警察官がなだれ込んで来た。

「一体、何事だね」

警察官のリーダーと思わしき男が丁寧に答えた。

「快盗ブルーがこのオークションの品を狙っているようです」

ゴードンは驚愕の表情を見せた。

「ブルーがパーカーのアルト・サックスを……でも、何故ニューヨーク市警がわかったんだね？」

「日本の警察から連絡があり、このオークションの謎解きをした日本女性がいたとのことです。彼女がブルーのツイートを知って、この会場に現れるはず、と日本の警察に連絡したのです」

「日本の女性か。ここにはいらしていないようじゃな。お会いしてみたいものだ」

「失礼ですが、オークションの品は無事ですか?」

ゴードンは大笑いをしながら白い布のかけられた箱を指差した。

「ほれ、この通り」

そして、アシスタントにその布を取るように命じた。アシスタントは背筋を伸ばして「Yes, sir.」と答えると、白い布をゆっくりと外した。参加者も警察官も息を飲んだ。ガラスのケースの中に白いアルト・サックスが飾られている。

「この通り、パーカーのプラスティック・アルトはここにあります」

ゴードンはそう言いながら、ケースに近づいて行った。しかし、いざ間近で中を確かめると、ゴードンは突然、悲鳴を上げた。

「ち、違う! これは偽物じゃ!」

会場がどよめいた。

「これはパーカーのアルト・サックスじゃない。今、売られているベトナム製の三百ドルのおもちゃだ。いつの間にすり替えられたんじゃ!」

その時だった。天井から、「ほ、ほ、ほ」という女の高い笑い声が聞こえた。間違いない。快盗ブルーが現れたのだ。警察官が銃を抜いて構えた。しかし、ブルーの姿は見当たらない。客の誰かが窓の外を指差した。グリニッジ・ヴィレッジのビルの上を跳ねていくマント姿の女がいた。片手に新聞紙に包まれたものを持っている。パーカーのアルト・サックスだろう。警察官もビルの外に向かったが、ブルーは迎えに来たヘリコプターから降りたロープにつかまり、あっと言う間に消えて行った。ブルーはパーカーのマッセイ・ホールのアルト・サックスを手に入れたのだ。

＊

ニューヨークの情報はすぐに相良に入った。涼子は相良からの電話を受けた。

「涼子さん、やはり、快盗ブルーが現れてパーカーのアルトを盗んでいきました」

涼子は唇を噛んだ。

「やられたわね。気づくのが遅かったわ。きっと彼女のコレクションに加えられたのね。いつか、取り返さなきゃ。ジャズ界の大事な遺産のパーカーのアルトなんだから」

相良が答えた。

「ニューヨーク市警と協力してアジトをみつけますよ」

涼子は小さな声で「はい」と答えると相良にお礼を言って電話を切った。そして、また『ジャズ・アット・マッセイ・ホール』のレコードに針を落とした。B面最初の〈ウィー〉がかかっている間に涼子は自分のアルト・サックスをセットする。次の〈ホット・ハウス〉に合わせてテーマを吹いてみた。パーカーのソロが始まり、〈ハバネラ〉のフレーズに合わせていく。そのフレーズを吹き終えた涼子は、マウス・ピースから唇を離し、呟いた。
「至急、魂を解放せよ！」

Jazz Detective, Ryoko Naruse's mysterious Jazz Megané diary-When Sparrow jumped

［エチカ5］　スパロウ最後のジャンプ

チャーリー・パーカーはジャズ・プレイヤーにとっては神のような存在であり、そのフレーズは聖書のようなものだ。スピノザに言わせれば、神のみ限界がなく、神は無限大に広がる宇宙のようなもので、パーカーといえども神とは一線を画した境界線の内側にいるとされる。しかし、神のみが原因、その他は全て結果というスピノザ理論から言えば、ジャズに限った場合、パーカーは原因ではないのだろうか。つまり神と言えるのかもしれない。

だが、それはあくまでもプレイヤー目線の話で、パーカーを作家目線で捉えて小説にした人たちの観点はまた異質だ。南米のコルタサルによる「追い求める男」、アメリカのエリオット・グレナードによる「スパロウ最後のジャンプ」はパーカーが薬に追いつめられて狂人すれすれの状態で臨んだセッションを題材に天才の脳内の時間の経過を描いている。「スパロウ最後のジャンプ」をモチーフにして石原慎太郎が東京を舞台に書いた「ファンキー・ジャンプ」も同じ傾向の小説だ。

そして個人的に好きなのはアイルランド人のニール・ジョーダンの書いた「チュニジアの夜」。パーカーはBGMのような扱いで登場するのだが、ここで描かれるパーカーがあまりにもパーカーのデフォルトのイメージとかけ離れていて好きなのだ。小説に出てくるキーワードはこんな感じ。

「アイルランドのゴルフ場（きっとリンクスだろう）の十五番ホール。そこのベンチに座った謎めいた女。夕暮れ。父親のラジオから流れてくるチャーリー・パーカー。オール・ザ・シングス・ユー・アー。その光景を見ていた少年。サックス吹きの父親。ジャズに目覚める少年。父親と女。少年の性の目覚め」

ざっと言うとこんなところだが、パーカーからは想像もつかないアイルランドの空気感と黄昏のゴルフ場という背景のシチュエーションが、想定外なのに妙にマッチしているのだ。ここでのパーカーは神ではない。少年の性の目覚めをもたらす俗物の一つだ。それはそれでパーカーらしいではないか。

パーカーには逸話が多い。映画にもなった。現在に至るまで無数のアルト奏者が彼の影響下にある。しかし、ジャズメンにとって聖書のようなパーカー・フレーズ以外にパーカーの持つ何かを継承したジャズメンはいたのだろうか。パーカーはその神の指紋のようなフレーズ以外、誰にも何も継承しなかったのかもしれない。

註

（1）段葛
鎌倉・若宮大路の道の真ん中にある鶴岡八幡宮の参道。二の鳥居から八幡宮までの歩道で車道より一段高い。道の両脇には桜が植えられていて春には桜並木となる。平成二十六年から二十八年まで改修工事を行なった。

（2）ジャック・スパロウ
ジャック・スパロウは映画『パイレーツ・オブ・カリビアン』シリーズの主人公の海賊。映画では俳優のジョニー・デップが演じている。

（3）チャーリー・チャン
名盤『ジャズ・アット・マッセイ・ホール』ではチャーリー・パーカーは他社との契約があったためにチャーリー・チャンという偽名でクレジットされている。チャンはパーカーの妻の名前。この偽名でマイルス・デイヴィスの『コレクターズ・アイテム』というアルバムでもテナー・サックスを吹いている。

（4）コルタサル
フリオ・コルタサルはアルゼンチンの小説家。一九一四年にベルギーのブリュッセルに生まれ、一九一八年に両親の母国アルゼンチンに帰国、ブエノスアイレスで育つ。一九四六年に書いた短編小説『占拠された屋敷』でデビュー。一九五一年にフランスに留学してパリに居住。ラテン・アメリカを代表する作家となり、イタリアの映画監督ミケランジェロ・アントニオーニによって短編小説『悪魔の涎』が『欲望』という題名で映画化された。

（5）ユリイカ
「ユリイカ」は青土社から刊行されている月刊誌。詩、文学、思想などを掲載、特集する芸術総合誌。毎号特定の作家の作品を特集している。

（6）ロッキー・マルシアーノ対ジャーシー・ジョー・ウォルコット
マッセイ・ホールのコンサートの晩、ロッキー・マルシアーノ対ジャーシー・ジョー・ウォルコットのヘヴィー級タイトルマッチの試合があった。大のボクシング・ファンのディジー・ガレスピーは時々ステージを離れて試合をのぞきに行き、チャールズ・ミンガスと険悪になったというエピソードがある。

（7）白いプラスティック製のアルト
チャーリー・パーカーはニューヨークから手ぶらでトロントを訪れ、地元の楽器屋から借りたグラフトン製、白いプラスティック製のアルトでコンサートに臨んだ。一九九四年にオークションでカンザス・シティの市長によって千四百万円で落札され、その後、カンザス・シティへ寄贈されたという。

（8）ヴィレッジ・ヴァンガード
ニューヨークのグリニッジ・ヴィレッジに一九三五年に開店したジャズクラブ。初代オーナーはマックス・ゴードン。一九四〇年代後半からジャズ・ライヴを行い、ジャズ界の名門クラブとして知られるようになった。一九五七年十一月三日、ソニー・ロリンズがここで『ヴィレッジ・ヴァンガードの夜』を録音し、以来、ビル・エヴァンスやジョン・コルトレーンといったジャズ・レジェンドたちがライブ録音を残した。

（9）　マッセイ・ホール
マッセイ・ホールはカナダのオンタリオ州トロントにある舞台芸術劇場。オープンは一八九四年。トロント交響楽団のホールでもあった。ジャズではチャーリー・パーカーらのクインテットが名盤として残されている。
（10）　カルメン
『カルメン』はジョルジュ・ビゼーが作曲したフランス語のオペラ。プロスペル・メリメの小説『カルメン』を元にしたもので全四幕。主人公はセルビアのタバコ工場で働くジプシーの女。アリア〈ハバネラ〉のメロディーは有名。

第六章　ソング・フォー・チェ／葉巻をくわえた男
(Song for Che~The man with a cigar between his lips)

成瀬涼子はマウスピースから唇を離すと眼を開いた。と同時に観客の拍手で我に返った。解放された魂がその細い身体に戻ってくる瞬間は、幽体離脱からの帰還を経験したような錯覚に落ち入る。そういう状況になった時の演奏はきっと良いに違いないが涼子は覚えていない。それがインプロヴィゼーションの魅力だ。

今日の涼子の演奏場所は北鎌倉の浄智寺(1)仏殿前の小さな広場。鎌倉でカフェ「エスプリ」を営む学生時代の親友、速水知佳の計らいで実現した。澄んだ空の下、中国式の山門を抜けた境内の中に立つ高さ二十メートルほどもあるタチヒガンの満開の桜に絡むように涼子の音は広がった。仏殿には木彫りの仏像が三体祀られていて、春の鳥のさえずりとともに涼子のインスピレーションを研ぎ澄ませてくれる。

「涼子、今日は格別に素敵だったね。なんか、濡れた演奏だったわ」

知佳に声をかけられると、涼子は表情を和らげた。

「涼子、今日はお店のお客さまも来てくれてるの」

知佳がそういうと、髪をまとめて、黒の丸いセル眼鏡をかけ、華奢な脚に白いショート・ソックスが似合う小柄な女性が会釈してきた。

「初めまして、水原聡子です」

涼子は自分の名前を告げると、その娘が右手にもっている荷物に目をやった。

「あら、珍しいですね、ポータブル・レコード・プレーヤー（2）ですか？」

聡子は小さく頷いた。昭和の時代の復刻版で赤と白のレトロなデザインだった。知佳が言葉をはさんだ。

「聡子さんのおばあちゃんがレコード聴きたいっていうので、私の持っているのをお貸ししたの」

「おばあちゃんがレコード。素敵な趣味ですね。何を聴くのかしら？」

聡子が困った顔をした。

「それが、よくわからないんです。祖母の部屋には棚にレコードが五枚くらい入っているんですが、ビートルズ以外はよくわからなくて……」

「水原さんは、音楽はお好きなんですか？」

聡子は表情を曇らせた。

「あんまり、音楽はよくわからないんです……今日の音楽も難しかったですけど、自然の音のようで聴いていて気持ち良かったです」

impulse!
CHARLIE HADEN
LIBERATION MUSIC ORCHESTRA
ARRANGEMENTS BY CARLA BLEY
KOZO

涼子は手を振りながら笑った。

「私のはちょっと変わってるから……でもおばあちゃんがレコード聴きたいなんていいですね」

「いや、今までそんなことはなかったんですが、突然、言い出して。ちょっと、具合でも悪いのか、あまりおしゃべりしないので、どうしたいのか、よくわからないし、尋ねても答えてくれないし……」

聡子はうつむき加減に答えた。涼子の顔にひとひらの桜の花びらが舞い落ちた。

*

浄智寺のライヴから数日後、涼子はまた知佳の鎌倉の店にソロ・ライヴのため、訪れていた。知佳との開演前のおしゃべりを涼子はいつも楽しみにしている。

「ねぇ、浄智寺であったあの娘、なんて言ったっけ？　その後、連絡あった？」

涼子に尋ねられると知佳は新調したメタルの眼鏡を外して、スマホを取り出しメールを開いた。

「そうそう、写メが送られてきたの。例のおばあちゃんのレコードの……」

涼子に差し出されたスマホの画面には五枚のレコードが並べられて写っていた。写っているのは、ビートルズの有名なベスト『赤盤』と『青盤』[3]『フランス・ギャルのシャンソン日記／フランス・ギャル』[4]『夢のアイドル／シルヴィ・ヴァルタン』[5]そして『リベレーション・ミュージック・オーケストラ(6)／チャーリー・ヘイデン』の五枚だ。

「レコード・プレイヤーを預けたけれど、おばあちゃんはまだ聴いていないって。どのレコードを聴きたいのかも分からないみたい」

知佳がスマホを戻しながら言った。涼子は首をかしげた。

「チャーリー・ヘイデンなんてなんで入っているのかしら。他はポップスばかりなのに。ビートルズはもちろん、この当時なら多くの人が持ってるし、後の二枚も一世を風靡したフレンチ・ポップスだから、おばあちゃんが持っていても不思議はない。でも、『リベレーション・ミュージック・オーケストラ』はどう考えてもジャズに詳しくない人が買うレコードじゃない。スイングジャーナルの第三回ディスク大賞をとったアルバムではあるけど。それもマニアじゃないと。気になるわ……」

「チャーリー・ヘイデンってベーシストの？」

「うん。知佳、Apple Music 入ってたっけ？」

知佳が頷いて、スマホで Apple Music を開くと知佳に手渡した。涼子はチャーリー・ヘイデンを検索した。そして、『リベレーション・ミュージック・オーケストラ』を探し出すと知佳にスマホを返して、お店でかけるように頼んだ。店内に悲痛な叫びのようなテナー・サックスの音色が響き渡る。イントロダクションが、終わるとカーラ・ブレイ(7)のマーチ風のピアノに誘われて、マイナーの悲しげな行進曲が続いてくる。トロンボーンとクラリネットが哀しみに色を添える。〈連合戦線の歌〉だ。涼子はそのメロディを口ずさみ、知佳を見た。

「この組曲はスペインの内戦[8]をテーマにしているの。このアルバムは壮大で悲痛な戦争をテーマにしていて、絵巻物のように繰り広げられていくのよ。このジャケットに写っている十三人の戦士たちの心の叫びを聞いて」

曲が〈第五連隊〉という曲に移るとサム・ブラウンのフラメンコ・ギターが哀愁と情熱に包まれて奏でられる。途中、古い映画のサウンド・トラックが挿入されるが、女性の亡霊のような唄声がなんとも不気味だ。

「なんだか気味の悪い音楽……」

知佳がコーヒー・カップを持ち上げた。イントロダクションと同じ曲が繰り返されると、次の曲に移る。

「あ、ここからレコードではB面ね」

チャーリー・ヘイデンの骨太で哀しみに満ちたベース・ソロが始まる。

「この曲も好きだわ。一九六九年にこのアルバムは録音されたんだけど、その二年前の一九六七年にキューバのチェ・ゲバラが死んで、彼に捧げた曲なの。〈ソング・フォー・チェ〉[8]……」

ヘイデンのベース・ソロに続いて、ドン・チェリー[10]のインディアン・フルートとデューイ・レッドマン[11]の苦しみの音色が渦まいていく。まるで地獄絵図のようだ。知佳が壁の時計を見た。

「涼子、そろそろお願い」

涼子はマウスピースをネックに差し込んだ。そして、カウンターの椅子から立ち上がると、待っていたお客さんに軽くお辞儀をした。

「最初の曲はチャーリー・ヘイデン作曲の〈ソング・フォー・チェ〉です」

涼子は眼を閉じ、深く息を吸った。さっきまで流れていたヘイデンのソロを引き継ぐように低い音をノン・ブレスでループさせて、ソロが始まる。その音色は暗く深い。低い音は徐々に渦まいていき、昇天していく。涼子の魂の解放が始まったのだ。

*

それから、数日後、桜が散り始め、ウグイスの鳴き声も鎌倉の山に響き渡る頃、涼子はまた知佳の店を訪れていた。鶴岡八幡宮の段葛の改修も終わり、すっかり鎌倉らしさを取り戻している。今日の涼子はオフだ。

「知佳、聡子さんから連絡あった?」

知佳がカウンターの中から店の奥を指差した。奥には聡子が一人で文庫本を読んで座っている。

涼子は聡子の側にゆっくりと近づいた。

「こんにちは。その後、おばあちゃんはご機嫌いかがですか?」

聡子はすっと立ち上がって、涼子に会釈をした。

「せっかくレコード・プレイヤーをお借りしたのですが、まだレコードはかけていません。ずっとお借りしているのも失礼ですので、今日、お返ししようと思ってお持ちしたんです」

知佳がカウンターの中から大きな声で言った。

「私はいいのよ。よかったらカウンターで一緒にお話ししません?」

聡子はカウンターに移動した。

「レコード・プレイヤー、持ち出してきちゃって、おばあちゃん平気なの?」

「おばあちゃん、自分では操作できませんから」

涼子が尋ねた。

「おばあちゃんは全然聴くそぶりをみせないの?」

聡子は首を横に振った。

「聡子さん、この前、レコードの写メ、知佳に送ってくれたでしょ。あれ、見せてもらったの。ビートルズの有名なベスト盤が二枚、フランス・ギャルとシルヴィ・ヴァルタンはフレンチ・ポップスの大スター。ビートルズは一九七三年の発売。フランス・ギャルは一九六六年、シルヴィ・ヴァルタンは一九六四年の発売。それに混じってチャーリー・ヘイデンというジャズ・ベーシストがリーダーの『リベレーション・ミュージック・オーケストラ』があるの。これは一九六九年の作品。おばあちゃんはジャズが好きだった?」

聡子は少し考えると、「ジャズ好きとは聞いたことがありません……」

涼子と知佳は目を合わせた。

「ジャズ好きじゃない人がなんでこのレコードを大事に持っていたんだろう……」

涼子はこの一件に興味を抱いている自分に気がついた。

「ねぇ、聡子さん、おばあちゃんは若い頃何をしてたか、知ってる?」

「若い頃ですか? 確か英語とフランス語とスペイン語ができて、大阪の大きなホテルで外国人のVIPの担当をしていたというのを聞いたことがあります。母が生まれる前だと思いますけど」

「じゃ、一九五〇年代か六〇年代かしら……」

知佳がそう言うと、聡子は頷いた。涼子は続けた。

「スペイン語が話せたのね。『リベレーション・ミュージック・オーケストラ』はスペインの内戦をテーマにしているから、何か関係あるかも。スペインの歴史に興味があったとか」

聡子はもじもじとしながら、鞄の中から財布を取り出した。

「あの、これ、おばあちゃんの部屋に落ちていたんです。最近、見かけたので、おばあちゃんがどこからか落としたのか、と思うんですけど」

涼子と知佳が小さな紙切れを覗き込んだ。それは古い切符だった。昭和三十四年七月二十四日の国鉄のものだ。大阪駅、十円当日限りと書かれている。

「入場券ね。ただ、鋏も入っていない未使用のもの」

涼子は白いセル眼鏡の奥の瞳を輝かせた。

「未使用の入場券なんて、何かしら……」

知佳がそう言うと、涼子は切符を裏返した。

「何か書いてある」

切符の裏には、大阪駅発行という印字と発行ナンバーがあったが、その四桁の数字に合わせて一九六九と書き込まれてあり、中央に薄くサインのようなものがある。知佳が覗き込んだ。

「おばあちゃんはきっとこの切符を最近、どこかから出してきて、なんかの拍子にそれを床に落としたのかしら」

涼子はもう一度切符を表に返した。一九五九年の大阪の入場券。何があったのか。涼子は思いを巡らした。

「このサイン、見覚えがあるわ。なんだったかな」

涼子はスマホでGoogleを立ち上げ、思いつくままに言葉を検索にかけた。

＊

一九五九年七月二十三日、大阪。

白鳥玲子は大阪のGホテルで外国人客のアテンド係として働いていた。この晩は名古屋から外国の要人が到着するということで、大阪駅まで出迎えに行った。まだ、蒸し暑さが残る夜の十時半、その要人たちは大阪駅のプラットホームに降り立った。玲子はその一行をすぐに認識できた。皆カーキ色の軍服を着て、一人は濃い髭が伸びて、とても澄んだ目が印象的だった。玲子はスペイン語でその男に声をかけた。男は驚いた様子だった。スペイン語を話す日本人が珍しかったからだろう。玲子はスペイン語で「暑い中、ようこそ大阪へ」と挨拶すると、その男は「私の国も暑いですよ」と答えた。男の体から汗の匂いが漂った。ラテン系は明るく、男性もお喋りなタイプなのかと玲子は思っていたが、その男は静かで落ち着いている。男は葉巻をくわえると手を差し出した。

「チェ・ゲバラ[12]と言います」

玲子は笑顔で自分の名前を告げた。チェ・ゲバラの一行は日本への使節団として来日、農業を中心に日本の産業の拠点を見学に訪れた。日本の政府は小国キューバに対して冷たく、訪問される企業も農業使節団として受け入れたものの、日本政府の要人たちが彼らに割く時間は短かった。ちょうどこの時、キューバは革命後の混乱期でもあり、カストロ[13]首相が退陣した事件も重なっていた。ゲバラは玲子にホテルに着いたら、国際電話をかけたい旨を伝え、玲子を見つめるとスペイン語で言った。

「貴女のような美しい女性がスペイン語を話すことができるとは。どこで勉強したのか？」

玲子はスペイン語で答えた。

「大学で勉強しました」

「日本では女性の高等教育は普通なのですか？」

ゲバラがゆっくりと質問すると、玲子は微笑みながら頷いた。一行が待たせておいたタクシーに乗り込むと同行の大尉が明日のスケジュールの説明を始めた。

ホテルに到着すると玲子は宿泊の手続きや荷物の手配をキビキビと行った。ゲバラは玲子にこれで仕事は終わりか、と聞くと少しだけホテルのバーでコーヒーを飲むのにつきあってくれないか、と頼んだ。玲子は笑顔で了承した。

「ゲバラさんがお疲れでなければ、喜んで」

玲子はスペイン語で会話を始めると、二人でバーのカウンターに座った。見た目と違い、ゲバラはお酒を飲まない。ただ、葉巻は手放さない。ゲバラはそれまでの自分の人生について玲子に溢れだすように話し始めた。両親への愛情、キューバ国民への愛情。革命家としての根本は大きな愛情に満ち溢れていることを強く語り、葉巻をくゆらせながら、優しくも決意に満ちた瞳を輝かせる。玲子はその一言一言に、自分の考えを素直に伝え、ゲバラの瞳をさらに輝かせた。玲子は時の過ぎ行くのを忘れるほどゲバラに魅せられていった。

「ミス・レイコ、女性には革命戦士にはない女性特有の資質がある。しなやかな感性と我慢強さだ。貴女には十分にそれがある」

そして、葉巻をゆっくりとくゆらすと一枚のメモをポケットから取り出してみつめた。

「ミス・レイコ。広島はここからは遠いのですか？」

玲子はその言葉に驚いた。

「時間はかかりますが、それほど遠い場所ではありません。飛行機も特急列車もありますし、夜行列車もあります」

「明日の視察ははずせないが、明後日の神戸での予定はキャンセルして広島に行ってみたい。飛行機で行けば、朝出て昼にはつきますか?」

玲子は頷いた。

「夜行列車だと朝にはつきますか?」

玲子は再び頷いた。

「ミス・レイコ、明日の夜、夜行列車を押さえてくれませんか? 後、大変申し訳ないのですが、その列車が出発する駅まで同行していただきたい」

「私はかまいません。広島に何かお急ぎのご用事があるのですか?」

ゲバラはまた葉巻をくゆらせた。

「原爆慰霊碑に是非、献花をしたい」

「原爆慰霊碑……」

「君たち日本人はアメリカに残虐な目にあわされて、腹が立たないのですか。私は深く同情しています。日本の政府は私たちが広島に行くことを嫌がっているようだ。明日の晩、予定を変更して夜行列車で広島に向かう。ナヴィゲーターは貴女にお願いしたい」

玲子は驚いた。この人は一度決めたら変えない目をしている。玲子はゆっくりと頷いた。ゲバラは翌日の夜行列車での広島行きを決意した。日本政府は広島行きを拒否していたので、ゲバラは夜行列車の手配を玲子に頼んだ。そして、「外務省への連絡は到着後で良い、と大尉には伝える」と言った。

翌日、大阪での視察を終えたゲバラは再び玲子をホテルのバーに呼んだ。

「ミス・レイコ、昨日の貴女としたお話は祖国でもできる相手がいない。時間まで話の続きをさせてほしい。できれば、このまま二人で旅に出てしまいたいくらいです」

玲子は顔を赤らめると、ゲバラは少年のような笑顔を見せた。

「大丈夫、妻にはチェスをしに行くので、探さないでくれと伝えておくから……」

二人は永遠の時間が続くかのように熱く語り合った。玲子はふと時計を見るとゲバラの腕にそっと手を触れた。

「そろそろ、お支度をなさらないと……」

ゲバラは玲子の顔をじっと見つめると頰寄せて、その小さな体を抱擁した。玲子はその男の匂いを深く記憶に刻んだ。

しばらくして、玲子は人気が少なくなったロビーでゲバラ一行を出迎えた。チェック・アウトの手続きをするとゲバラは明細を見つめ、玲子に声をかけた。

「ありがとうございます」

玲子は微笑んで、玄関にタクシーを待たせている、と伝えた。

「私がホームまでご案内しますわ」

玲子がスペイン語でそう言って、ゲバラの荷物を運ぼうとするとゲバラは「大丈夫」と目くばせした。玲子はタクシーに駆け寄り、運転手に荷物をトランクに積むよう頼むと、一行を乗せ、自分も乗り込んだ。

「ミス・レイコ、感謝します」

タクシーは大阪駅に向かった。タクシーが到着すると玲子は切符売り場で自分の入場券を買った。

「さぁ、行きましょう。明日の広島は暑いようです」

同行して改札に入ろうとした玲子にゲバラは言った。

「ミス・レイコ、貴女はここでいいです。ホームで我々といるのを写真でも撮られたら迷惑がかかる」

玲子は戸惑ったが、首を縦に振った。

「ミス・レイコ、持っている切符、ちょっと貸してください」

ゲバラは玲子の入場券を手にすると胸のポケットからペンを取り出して、入場券の裏に印字されている数字の横に一九六九と書き、自分のサインをさっと書いた。

「ミス・レイコ、革命はまだ続く。おそらく安定するのにはまだまだ時間がかかるだろう。十年後に君に会いにまた日本に来る。その時まで元気でいてください。ミス・レイコ、貴女は日本で初めて会った、最高に美しい女性です。私は生涯、忘れないでしょう」

「ゲバラさん。ありがとうございます。私こそ、お会いできて光栄です。お褒めのお言葉も光栄ですが、お申し出には返す言葉がみつかりません」

ゲバラは澄んだ目で微笑んだ。

「私は女性を好きにならないくらいなら男をやめますよ。もちろん、革命家としての使命をまっとうできなければ革命家であることもやめます」

玲子は真顔のゲバラの態度に戸惑いを見せながら、入場券を見つめた。ゲバラは玲子を強く抱きしめた。一行は改札を抜けて行く。ゲバラが玲子に手を振った。玲子は声をかけて見送った。

「幸運を祈ります」

大阪の街のネオンもだいぶ消えた。玲子は通りに出てタクシーに手を上げた。

*

涼子は頭の中を整理してみた。今、分かっているのは一九五九年七月二十四日の国鉄大阪駅の入場券。そして裏に書かれた一九六九の数字と何か欧文のサインらしきもの。聡子のおばあちゃんは大阪のホテルに勤めていて、フランス語とスペイン語を喋ることができた。そして、『チャーリー・ヘイデンとリベレーション・ミュージック・オーケストラ』のレコード。涼子は一九五九年七月二十四日の大阪の出来事をスマホで検索してみた。七月二十四日は児島明子(14)という人が初めてミス・ユニバースに選ばれたとあるがおそらく関係ないだろう。その他の月も見てみたら、気になる出来事があった。この年はキューバ革命があった年だ。たしか、その年にチェ・ゲバラが来日したという話を聞いたことがある。涼子はゲバラの資料を検索してみた。すると、当時のキューバ紙幣の写真を見つけた。涼子は驚いた。そこには、例の入場券と同じサインがされていた。国立銀行総裁でもあったゲバラのサインが紙幣の左側に記されていたのだ。

「これだわ。ゲバラよ。チェ・ゲバラのサインよ。ゲバラとおばあちゃんは大阪で会ったのよ、きっと！」

涼子は聡子にスマホの画像を見せた。

「ゲバラ？」

「そう、チェ・ゲバラというキューバ革命の中心人物の一人。彼が大阪に来たの。一九五九年七月に。そこでおばあちゃんは彼をホテルのゲストとして迎えたんだと思う」

「でも、なぜ国鉄の入場券が？」

知佳が不思議そうな顔をした。涼子は検索を続ける。

「ネットの資料によると、革命直後のゲバラ一行は視察団として受け入れられ、日本政府はあまり重要なお客さまとは思っていなかったみたい。大阪滞在の最終日に広島を訪れて、原爆記念碑に献花をしているわね」

「広島に行ってるのね」

知佳が言った。

「でも、変な記述がある」

涼子はそう言うと、その記述を読み上げた。

「ゲバラの一行は大阪の視察の後、翌日のスケジュールを変更して、突然、広島に行きたいと言い出した。政府はそれに対して肯定的ではなかったが、翌日、飛行機で移動して広島で出迎える手配をした」

涼子は続けた。

「一説によると、ゲバラ一行は翌日の飛行機ではなく、ホテルを抜け出し、夜行列車で自分たちだけで広島に向かったという証言もある」

三人は顔を見合わせた。知佳が言った。

「もしかして、聡子さんのおばあちゃんがホテルからゲバラ一行を大阪駅に連れて行った?」

涼子は頷いた。

「もしかするとね。大阪では車で移動したはずだから、他に電車に乗る理由がない。夜行列車に乗せるために入場券を買って彼を送ろうとしたけど、ホームまでは行かなかったってことかな」

「じゃ、後ろの数字は?」

涼子は考えた。

「正しいかどうかはわからないけど、十年後の一九六九年に再会しようというような意味かも……ただ、その十年後を迎えずに一九六七年にゲバラは亡くなってしまったけど……」

涼子ははっと気がついた。

「ちょっと待って。『リベレーション・ミュージック・オーケストラ』は一九六九年に発売されているはず。そして、そこには『ソング・フォー・チェ』が入っている」

「じゃ、おばあちゃんが聞きたかったのはこの曲？」

聡子が目を丸くした。涼子は聡子に言った。

「おばあちゃんはゲバラ来日の十年後、何かのきっかけでこのレコードの事を知って買ったのよ。聡子さん、もう一度、このレコード・プレイヤーを借りていって、おばあちゃんに『リベレーション・ミュージック・オーケストラ』のレコードを見せて、B面をかけてあげて……」

聡子は頷いた。

＊

聡子は家でレコード・プレイヤーをセットしながら、おばあちゃんに声をかけた。

「おばあちゃん、おばあちゃんが聴きたかったのはこのレコード？　聴いてみようか」

聡子はレコードをB面にしてジャケットを手渡した。おばあちゃんはジャケットを手にすると聡子の顔を見つめた。

聡子は針を落とした。チャーリー・ヘイデンのベースが哀しみに溢れた暗いメロディを弾くとサム・ブラウンのギターが陰影を添える。続く女性のコーラスが「チェ・ゲバラ」とワン・フレーズを唄う。

おばあちゃんはジャケットを凝視すると嗚咽した。そして、震える手でレコードの内袋の中をまさぐった。聡子はふと気づき、財布の中からあの入場券を取り出して見せた。デューイ・レッドマンの泣き苦しむようなソロが部屋中に響き渡る。おばあちゃんがその切符を聡子から奪うように掴むと、大きな泣き声を上げた。そして、呟いた。

「チェ・ゲバラ……」

＊

三宿の「バー・タクロー」で涼子のソロ・ライヴの晩、知佳が鎌倉からやって来た。久しぶりに世田谷警察署の刑事相良も来た。涼子は拓郎と相良に知佳を紹介した。知佳が挨拶すると相良が愛想良く答えた。

「涼子さんからお話は聞いています。お会いできて光栄です」

「知佳、聡子さんのおばあちゃんの一件で、ゲバラ一行は広島には飛行機で行って、広島の役所関係者が出迎えた、という説と、もうひとつ、日本政府が広島行きを拒否したんでホテルを抜け出して夜行列車で強行した、という説があったでしょ。で、この刑事さんにちょっと内緒で調べてもらったの」

相良は顎に手を当てて何回か首を振った。そして、もったいぶって話し始めた。

「まぁ、ちょっとその筋の関係者に聞いてみたんですが、機密事項もあり、あくまで私見ということで聞いてください。ゲバラ一行が夜行列車で移動したという説ですが、政府としてはホテルを抜け出して行動されたとあっては面目がたたない。それで、当時の発表は翌朝、飛行機で広島に行ったということになっているのかもしれません。日本政府はアメリカに対して敵対的に映る行動、つまり広島の悲惨さをゲバラ一行には語ってほしくなく、広島行きは拒否していたのでしょう。あくまで私見なので、警察官としての私の証言ではないということでお願いします」

相良は咳払いをした。知佳が言った。

「もしそれが本当なら、聡子さんのおばあちゃんも、長い間、口止めをされていたのかもね……」

涼子は頷いた。拓郎が開演時間になるので涼子に演奏するように目で合図をしてくる。涼子はマウスピースをセットした。一曲目は決まっていた。〈ソング・フォー・チェ〉だ。

涼子は目を閉じマウスピースを加える直前に大きく深呼吸をし、そして呟いた。

「至急魂を解放せよ……」

Jazz Detective, Ryoko Naruse's mysterious Jazz Megané diary-Song for Che~The man with a cigar between his lips

［エチカ6］　チャーリー・ヘイデンの解放

チェ・ゲバラがジャズを好きだったという話は聞いたことはないが、ジャズの世界ではどことなく繋がりがあるように思えてしまう。それはベーシストのチャーリー・ヘイデンが作曲した〈ソング・フォー・チェ〉が名曲として残されているからだ。オリジナルはヘイデンの傑作、『リベレーション・ミュージック・オーケストラ』に収録されているし、オーネット・コールマンとヘイデンのグループによるライブ『クライシス』にも残されている。

自由を求めて戦う政治家の姿はどこかジャズそのものに重なるところもある。この『リベレーション・ミュージック・オーケストラ』はヘイデンによる十三名のオーケストラによる集団即興のジャズだが、テーマは政治的でA面はスペインの内戦を悲壮感を漂わせながら表現している。

私がこのアルバムを知ったのはかなり昔のことだ。一九六九年度の「スイングジャーナル」の第三回ジャズ・ディスク大賞を取った年。自分がまだ中学一年生の時、ジャズ好きの兄が買って来て、聞かされたのが最初だった。

冒頭の〈イントロダクション〉のメロディーがあまりにも悲壮感に溢れていて頭の中でぐるぐると回った。続くフラメンコ・ギターの音色が異国情緒を思い切り盛り上げてくれて、引き継いだトランペットのスパニッシュ・メロディーが次第に崩れていく。その混沌とした音楽に中学生だった自分が何の違和感も抱かなかったのは何故だろう。そして、太い音のベース・ソロを経て、亡霊のように浮かんでは消える女性コーラス。スペインの古いサウンドトラックの録音をそのままはめ込んでいるのが幽霊のようで、とても不気味だった。

突然、響くテナー・サックスの咆哮。その演奏者たちは誰の名前も知らなかったが、ジャケット写真に映る旗を持つ右端の男がチャーリー・ヘイデンだということは分かった。そして、左端の妖艶な女性が、カーラ・ブレイというこのプロジェクトの重要な音楽家だということを知り、その後、自分の永遠のマドンナとなり、アルバムに参加している演奏者の名前も全員覚えるようになった。

当時の解説書を読んで、このレコードのA面は一九三六年のスペインの内戦をモチーフに作られたアルバムだということがわかった。独裁的な政治に対し、自由を守る戦いを音楽にするというメッセージ・アルバムだったのだ。ヘイデンはスピリチュアルというより、政治的、社会的な束縛から人々を解放するという作業を音楽を通して行っていた。その戦いがフリー・ジャズとして発展していく。束縛からの解放にはいつも咆哮がつきまとう。

B面でのチェ・ゲバラへの賛歌〈ソング・フォー・チェ〉、アメリカの国会の醜態を集団即興にした〈サーカス'68 '69〉などはポリティカルな題材ではあったが、時が経つにつれて題材を超えて、自由への賛歌として受け継がれていった。それは自然派、ドン・チェリーの存在によることも大きいだろう。

註

（1）　浄智寺

鎌倉市山ノ内にある禅宗の寺院。臨済宗円覚寺派。鎌倉幕府第五代執権・北条時頼の三男である北条宗政の菩提を弔うために一二八一年に創建された。境内にはタチヒガンと呼ばれる桜の木や江ノ島七福神の一である布袋像を祀る洞窟がある。本堂の裏の墓地には澁澤龍彦の墓もある。二〇二二年、坂田明のライヴを開催。

（2）　ポータブル・プレイヤー

アナログ・レコードを再生する持ち運びの出来るレコード・プレイヤー。ソノシートの発売と共に一九五八年頃から発売された。主なメーカーはコロムビア、松下電器、東芝など。最近アナログ・ブームの中で人気が復活している。

（3）　ザ・ビートルズ赤盤&青盤

一九七三年に発売されたビートルズのベスト盤。一九六二年のデビューから一九七〇年のバンド解散までの中から2セットで54曲を収録していた。日本では一九七三年の発売以来、CDとしても何度も再発され、ビッグ・セールスを記録している。

（4）　フランス・ギャル

一九四七年生まれ。フランスを代表するシンガー。代表曲は〈夢見るシャンソン人形〉。日本語ヴァージョンも大ヒットした。二〇一八年没。

（5）　シルヴィ・ヴァルタン

一九四四年生まれ。フランスのシンガー。一九六四年〈アイドルを探せ〉〈悲しみの兵士〉が世界中で大ヒット。二〇一八年に来日公演を行なっている。

（6）　リベレーション・ミュージック・オーケストラ

ベーシスト、チャーリー・ヘイデンが反戦・反差別をテーマに創りあげたコンセプト・アルバム。カーラ・ブレイが編曲、デューイ・レッドマン、ドン・チェリー、ガトー・バルビエリらが参加。〈ソング・フォー・チェ〉収録。

（7）　カーラ・ブレイ

一九三六年生まれ。アメリカのジャズ・ピアニスト、作曲家。ニュージャズ以降の作曲家の中で屈指の優れた音楽的才能を持つ才女。ピアニスト、ポール・ブレイは前夫。その後、トランペッターのマイク・マントラーと再婚。『リベレーション・ミュージック・オーケストラ』の中心人物の一人。

（8）　スペインの内戦
一九三六年〜三九年、スペインで発生した内戦。左派の人民戦線政府とフランシスコ・フランコ率いる右派の反乱軍が争った。反ファシズム陣営である人民戦線をソビエト連邦、メキシコが支援、フランコをファシズム陣営のドイツ、イタリア、ポルトガルが支持した。結果、フランコが勝利し、その後、人民戦線派に大規模な弾圧を加えることになる。

（9）　ソング・フォー・チェ
チャーリー・ヘイデンが主宰するリベレーション・ミュージック・オーケストラの一九六九年のアルバムに収録されたチャーリー・ヘイデン作の名曲。

（10）　ドン・チェリー
一九三六年生まれ。ジャズ・トランペット、コルネット奏者。一九五七年にオーネット・コールマンと出会い、一九五八年、コールマンのアルバム『サムシング・エルス！』でデビュー。一九六一年頃まで共に活動を続け、その後は自己のアルバムやソニー・ロリンズ、チャーリー・ヘイデンとも共演。一九七四年に来日。娘はネナ・チェリー。ネナ・チェリーが在籍したリップ・リグ＆パニックが一九八三年に来日した際、同行している。一九九五年没。

（11）　デューイ・レッドマン
一九三一年生まれ。一九六七年にニューヨークへ移住。オーネット・コールマンのカルテットに加入、一九七二年まで活動を共にする。同時期にチャーリー・ヘイデンのリベレーション・ミュージック・オーケストラ、キース・ジャレット・グループにも参加。息子はテナーサックス奏者、ジョシュア・レッドマン。二〇〇六年没。

（12）　エルネスト・ゲバラ
一九二八年アルゼンチン生まれ。政治家、革命家。キューバのゲリラ指導者。「チェ・ゲバラ」の呼び名で知られる。「チェ」は主にアルゼンチンやウルグアイ、パラグアイで使われているスペイン語で「やぁ」という呼び掛けの言葉。

（13）　フィデル・アレハンドロ・カストロ・ルス
一九二六年生まれ。キューバの政治家、革命家、軍人。一九五九年のキューバ革命でフルヘンシオ・バティスタ政権を倒し、キューバを社会主義国家に変えた。革命により首相に就任。一九六五年から二〇一一年までキューバ共産党中央委員会第一書記を、一九七六年より二〇〇八年まで国家元首兼首相を務めた。二〇一六年没。

一九五九年に来日。一九六七年没。

（14）　児島明子

一九三六年生まれ。一九五九年のミス・ユニバース・ジャパンで、米国で開催された第八回ミス・ユニバース世界大会(ミス・ユニバース1959)でアジア人として初めて優勝した。歌手、児島未散の母。

第七章　幻の中の幻　(In illusions)

噎せ返るような湿気とじりじりと照りつける太陽の中で、祭りや花火が繰り広げられた夏が終わると、あっという間に日は短くなっていく。晩夏が過ぎ、センチメンタルな夕暮れが訪れると季節は一気に秋に向かう。

成瀬涼子は鎌倉でカフェを営む学生時代の友人、速水知佳の紹介で大船のライヴ・パーティーという街ぐるみのイベントに参加することになった。横須賀線と東海道線が通る大船は不思議に下町感のある街だ。戦後完成した白衣の大船観音(1)も貫禄が出てきた。

涼子は大船の外れにある古いスナックを改造した音楽バーに出演することになった。バーの外には小さく赤いネオンで「エレジイ」と店名が記され、中には壊れたジューク・ボックスが置いてある。カウンターと立ち飲みスペースしかない小さな店だが、マスターのタロウの趣味で音楽が絶えず流れている。

「タロウさん、サン・ラ[2]が好きなんですか？」

涼子は壁に掛かっているレコード・ジャケットを指差しながら尋ねた。タロウははにかみながら答えた。

「はい……まぁ、サザンほどではないですが」

涼子はそのギャップにくすりと笑った。

「じゃ、私も今日は『エリー・マイ・ラヴ』[3]をモチーフにしようかしら」

涼子はそう言うと、キャップを外してマウスピースを咥えた。いつものように長いノン・ブレスのロングトーンを鳴らすと、ゆっくりと〈いとしのエリー〉の一節を交えて変奏曲のように展開を始める。涼子にしては珍しいアプローチだ。そうすると、広い音域を使って徐々に暴力的な音宇宙が広がっていく。涼子の魂の解放が始まったのだ。十人も入ればいっぱいになる小さなバーだが、溢れるほどの客に涼子の演奏は熱くなっていった。

一時間ほどのインプロヴィゼーションを終えた涼子は知佳の隣りに腰をかけた。すると、綺麗なボブの髪に丸い老眼用の鼻眼鏡をかけた、やけに雰囲気のある年配の女性に背後から声をかけられた。

「貴女、すごいわね。音がマグマのように吹き出てくるわ」

涼子は丸いメタルのフレームの眼鏡をあげながら、はにかんだ。

「ありがとうございます……」

KOZO

「涼子、この方、歌手の平野ミキさんよ。あの大ヒット曲、〈真夏の恋〉を歌った方。大船にお住まいなの」

知佳が立ち上がりながら言った。涼子も席を立って改めて挨拶をした。ミキは昭和四十年代にはミニ・スカートのよく似合う小悪魔的な歌手として大人気になり、女優や声優としても活躍した。一九八〇年代にはニュー・ウェイブの音楽シーンでも活躍、今でもポップでユニークなコンサート活動を続けている。

「成瀬涼子といいます。〈真夏の恋〉、時々カラオケで歌うんです」

ミキは往年を思わせるようなコケティッシュな笑顔見せながら、座るように促した。タロウは笑顔で三人の会話を見守っていた。ミキが突然、カバンから何かを取り出した。

「タロウさんね、そういえば、この前、押し入れを整理していたら、父のものだと思うんだけど、この写真が出てきたの……」

ミキはタロウに一枚の写真を差し出した。その写真は古い白黒の写真で、若い白人の女の子の上半身が写っていた。ミキはその写真を裏返すと、薄く書かれた文字を指差した。そこには、英語で短く文章が書かれている。

「Please remember me. I was so happy to meet a genius boy who played Chopin」

ミキは独り言のように呟いた。

「何かわからないけど、父はこの白人の少女にこの写真を託されたらしいの。戦争の真っ只中に父が住んでいた蒲田で外国人の一家が短い期間滞在していたという話をしていたことがあるって、母から昔聞いたことがあったわ。だから、この写真がやけに気になって。この方、まだご存命なのかしら……」

涼子はミキの手にあるその写真を覗き込んだ。笑ってはいるが、どこか影がある十代かと思われる少女。タロウはその写真をじっと見つめた。

「この顔はユダヤ人系ですね。なんで、東京に来ていたんでしょうね……」

涼子が眼鏡をぐっと押し上げた。

「このショパンを弾いた天才少年というのが気になります」

ミキが頷いた。

「そうなのよ。私も……」

知佳が話に割って入って来た。

「平野さんのお父様が若い頃というと、戦争の真っ只中。ナチスがユダヤ人を迫害していた頃に、多くのユダヤ人難民が日本を経由して第三国に脱出したっていう話があったわよね」

涼子が頷いた。

「ほら、日本のシンドラー、なんていう名前だっけ？」

「杉原千畝[4]。リトアニア[5]でナチスの迫害を逃れて来たユダヤ人を六千人も救ったという人ですね」

「さすがタロウさん、元教師だけありますね」

知佳にそう言われるとタロウははにかんだ。

「そんなことないですよ」

そういいながら、タロウは続けた。

「リトアニアの日本大使館の領事代理だった杉原のもとを多くのユダヤ人が日本通過ビザを求めてきたのを、日本外務省の命令に背いて独断でビザを発行し続けた、いわゆる〈命のビザ〉ですね。一九四〇年の夏のことです。そのユダヤ人の一人では……」

「それなら、この写真は一九四〇年くらいかしら……」

ミキが頭を縦に振りながら言った。

「お父様はお幾つの頃でしょう?」

涼子の質問にミキは指を折った。

「多分、十六歳とか十七歳とか。慶應の普通科か予科に行っていた頃かと思うわ」

「慶應なんですね……この女の子も十代後半くらいですね」

涼子は気がつくと、この写真の少女に興味を持ち始めていた。

「お父様、ピアノはお弾きになられたんですか?」

ミキは首を横に振った。

「このショパンを弾く天才少年というのが謎ですね……」

涼子の言葉にミキは大きく頷いた。街はずれの小さなバーは秘密の小部屋のように怪しい沈黙に包まれていた。涼子が言った。

「この方探してみません？　それから、この天才少年ピアニストも」

ミキが笑いながら涼子に手を差し伸べた。静まり返った店内に笑い声が響く。タロウが思い出したようにバド・パウエルのレコードに針を落とした。


涼子は数日後に下北沢にある喫茶「天然の美」のバイトに久しぶりに入った。謎の解決の糸口はここのマスター、坂田が教えてくれることが多い。クーラー嫌いの頑固者のマスターが高温多湿と悪戦苦闘していた夏も過ぎ去り、窓を開けた店内には心地よい風が吹き込んでいる。コーヒーのお湯を沸かしながら、選曲用のＣＤを選んでいる坂田に涼子は尋ねた。

「マスター、一九四〇年頃、ショパンを弾かせたら天才的だった日本の少年ってご存知ないですか？」

「ショパンを弾く天才少年？　戦前の？」

坂田は首を傾げた。

「クラシック界の話はあまり得意じゃないからなぁ。いつものようにググッてみればいいじゃないか」

「調べたんですが、全然出て来なくて……一九四〇年に少年だったら、当然、戦後にも何かの形で名前が残っているかと思うのですが」

涼子の言葉に坂田は目を閉じた。

「そうだな、これは俺に聞いてもわからないな。知り合いの音楽評論家の阿川先生を紹介するよ」

「あの大先生の？」

「あぁ、阿川昌二さん。お歳は九十歳を超えているけど、コンサートにもいまだに出かけるし、記憶は確かな方だ。ジャズが専門だけど、戦前戦後の音楽には目茶苦茶詳しいからね。なんたって、チャーリー・パーカーの生をＮＹで見ているんだから」

「パーカーを生で！」

涼子は坂田の言葉にぐっと来た。なんだか解決の糸口が見つかりそうな予感がした。坂田に言った。

「是非、ご紹介お願いします！」

坂田は頷いた。

「あぁ、電話しておくから、自分でアポとって行ってごらん。とても優しい方だから、知っていることはなんでも教えてくれるよ」

そう言いながら手帳を開いて、阿川の電話番号と自宅の住所を紙に書き写した。

涼子は次の日曜日に阿川の自宅がある新宿区の牛込柳町駅[6]に向かった。新宿区といっても昭和の面影が残る閑静な住宅街だ。呼び鈴をならすと上品なたたずまいの奥様が出迎えてくれた。涼子は手土産を渡して、古い洋風の応接間で待った。しばらくすると阿川が現れた。きちんとしたジャケットをはおり、背筋をすっと伸ばして、軽く会釈をした。涼子は慌ててソファから立ち上がり、自己紹介をした。

「坂田さんから聞いております。サックス奏者なんですってね。誰が好きなの？」

涼子は恐縮しながら、「オーネット・コールマンです」と答えた。阿川がソファに座るように手で促すと、早速、話を始めた。

「戦前の天才少年ピアニストを探していらっしゃるの？　坂田さんから電話いただいて、いろいろ思い出してはみたんですが、なかなか思い当たる節がなくてね」

「そうですか……昭和の歌手、平野ミキさん、あの〈真夏の恋〉を歌った方、ご存知ですか？」

「あぁ、知ってますよ」

阿川はメロディーの最初を口ずさんだ。涼子は平野の持っていた写真の経緯を話した。

「そうなんですか。ユダヤ難民ね」

涼子は頷くと写真のコピーを見せた。

「ほう、この写真ですか」

写真の裏の例の文章はもう一枚のコピーにあった。阿川はその写真を凝視した。

「この背景に見覚えがあります。ちょっと待ってて下さい」

そう言うと阿川は地下室につながる階段を降りて行った。下は書庫になっているようだ。しばらくすると、阿川が上がって来た。そして、涼子に古いアルバムを開いて見せた。

「これですよ、この煙突。同じでしょう？」

涼子は四人家族の記念写真の端に煙突があるのを見つけた。そして、その煙突に書かれた模様はミキが持っていた写真と同じものだった。

「これはね、私が子供の頃の家族写真で、この家の近くで撮ったものです」

「ということは、あの写真も牛込ですか？」

「このアルバムの写真が私の十代の頃のものなので、近所で撮られた写真ということになります」

「奇遇ですね……」

阿川は涼子に尋ねた。

「平野ミキさんのお父さんはその当時、何処にお住まいだったか、聞いていますか？」

「たしか、蒲田とか……」

「蒲田近辺に住んでいて、牛込の写真。そのユダヤ人の家族は日本は通過だけなのでそんなに長くは滞在できないはず……うーん、謎ですな」

「ミキさんのお父さまについて他に何か知っていることはないですか？」

涼子は眼鏡の奥の瞳を閉じた。

「そうですね、慶應の普通部か予科にいたと言ってました」

「慶應？　音楽はやっていたの？」

「いえ、音楽はやっていません。ヨット部にいたとか言っていましたが……」

「慶應のヨット部？　ちょっと待って……」

阿川はそう言うとまた地下の書庫に降りて行った。そして、今度は一冊の厚い本を持って来た。

阿川はページをめくると丸刈りの頭で丸眼鏡をかけた少年の写真を指差した。

*

一九四〇年、東京。

日中戦争の状況はヨーロッパの戦争と絡み世界大戦へと進んでいた。ナチスはポーランドへ侵攻し、ユダヤ人への迫害が激しく醜いものになっていった。そんな中、リトアニアで迫害されているユダヤ人に日本通過の第三国行きビザを発行した日本大使館の領事代理がいた。杉原千畝。六千人ものユダヤ人を救ったと言われたが、その中には日本にたどり着いた人々も多かった。

「お母さん、隣の旅館にユダヤ人の一家が泊まっているようですね」

平野邦夫は昨日見かけた白人の家族三人が気になっていた。母親は「そうかい」とあまり興味なさそうに答えた。

「最近、ナチスのユダヤ人への迫害が酷い事になってきているので、占領されたポーランドからの脱出者が多くなっているそうです」

ラジオからは大本営発表のニュースが聞こえてくる。

「この戦争は泥沼になるな……」

そう呟いた邦夫を母親がにらんだ。


邦夫はある朝、その家族の一人、十代なかばくらいの女の子と道で会った。透き通るような白い肌に、澄んだ瞳のその娘は邦夫に笑顔を見せた。邦夫は英語で「Good morning」と帽子を取って挨拶をした。娘も英語で挨拶を返してきた。邦夫は英会話に関しては少し自信があったので、話かけてみた。娘はハンナという名前でポーランド人だという。十七歳。迫害から逃れるため、祖国ポーランドを捨て、日本を通過してアメリカに渡るという。幸い英語が話せるのでアメリカに渡れるのは幸運だと言った。日本には数日滞在する予定らしい。ハンナは邦夫に英語で話しかけた。

「リトアニアのとても優しい日本人のおかげで私たちはここにやってくることができました。日本人はナチスと違って優しいです」

邦夫はハンナの小さな声にうなずいてみせた。

「すみません、どこか少しの時間でいいのでピアノを弾けるところはありませんか?」

「ピアノ?」

「はい。私はピアニストを目指していて、毎日練習をしなければならないのです。でも、ずっとピアノを弾けていません。ショパンは私たちの国を代表する偉大な作曲家です。彼の曲を弾くことは、とても難しいのです。一日でも休むとマスターできないのです」

こんな状況でピアノの練習をしたい気持ちに邦夫は驚いた。ただ、ショパンと聞いて思い当たる節があったので力になれるかもしれないと思った。

「ショパンですか。私の友人にもショパンを練習している男がいます。明日の日曜日に行けるか、聞いてみましょうか？」

ハンナは満面の笑みを浮かべた。

「本当ですか？」

邦夫は「早速電話をしてみる」と言い残し、家に戻って行った。

「慶應の平野です。祥太郎君はいらっしゃいますか？」

電話の向こうで名前を呼ぶ声が聞こえると、ほどなく少年の声が聞こえた。

「はい。祥太郎です」

「あ、慶應のヨット部の平野だ」

「平野先輩、すみません、今、ピアノの練習が忙しくてヨットの練習に伺えておりません」

受話器の向こうから祥太郎という少年の恐縮した声が聞こえてくる。

「祥太郎くん、いいんだ。事情は分かっている。それよりも今朝は突然だがお願いがある。うちの近所にヨーロッパから逃れてきたポーランド人一家が滞在しているのだが、そこのお嬢さんがどこかピアノを弾かせてくれるところはないか、と言っていて、お前のことを思い出したのだ」

「ピアノを？」

「あぁ、ショパンの練習をしているという。明日、お前の家にお邪魔して大丈夫か？」

「ポーランド人がショパンをですか」

「あぁ」

邦夫は約束を取り付けると受話器を置いてハンナの旅館に向かった。


翌日、邦夫はハンナを連れて牛込へ向かった。ハンナは笑顔を浮かべながら初めて見る日本の光景に心ときめかせているようだった。街には「ぜいたくは敵だ」というスローガンが書かれたポスターが貼られるようになってきた。住宅街の細い街を二人は歩いて行く。邦夫は一度行ったことのある祥太郎の家を、目印の煙突を頼りに進んで行った。そして、守安という表札を見つけた。瀟洒な洋館だった。玄関を叩くと扉が開き、丸刈りに丸眼鏡の少年が現れた。

「ようこそ。上がって下さい」

祥太郎はそう言いながらスリッパを出し、応接間に二人を案内した。ハンナは邦夫の後をついて行ったが、応接間を開けると高い声を出した。そして、思わずポーランド語で「素晴らしい」という言葉を発した。そこにはスタインウェイの美しいピアノが置いてあったのだ。祥太郎はピアノの蓋を開き、赤い布を外した。ハンナはうかがうように祥太郎の眼を見た。祥太郎は「Go ahead」とハンナに弾くように促した。ハンナは自己紹介をすることもなく、ピアノの前に座って目を閉じた。そして目を開くとショパンの〈練習曲作品10の4番〉を弾き始めた。ショパンのエチュードの中でも特に難しいと言われる曲だ。祥太郎はその演奏の様子を真剣に見つめていた。ハンナは何かが乗り移ったかのように華麗な演奏を続けている。ハンナは再び目を閉じた。その時、祥太郎は突然「ノー！」と叫んだ。邦夫とハンナは驚いた。祥太郎は鍵盤に指を置きながら英語で言った。

「違う。ここはこう弾くんだ」

祥太郎は練習曲の一節を弾いた。左手の強さが違うのだ、と何度もハンナに弾いてみせた。ハンナは祥太郎のテクニックに驚いた。日本人で、しかも少年がプロの演奏家のようにショパンを弾くことができるのはハンナにとって信じられない出来事だった。ハンナが呆気にとられていると祥太郎はハンナにピアノ椅子から立ち上がるよう合図をした。ハンナは言われた通りにして、一歩下がった。ピアノの前に祥太郎が座り、今度は祥太郎が目を閉じた。深く深呼吸をすると鍵盤から〈練習曲作品10の4番〉の生命を生み出し始めた。後は正確に大胆に、華麗に物語が綴られていく。ハンナはその柔らかいけれども、力強いタッチに魅せられていった。完璧な演奏が終わると祥太郎は目を閉じた。沈黙を挟んでハンナはため息をついた。祥太郎は「時間がある限り、ここで練習していって良い」と伝え、自分の部屋に戻って行った。それから、日が暮れる頃までハンナのピアノの音色は静かな住宅街に流れていた。

*

阿川は涼子にそのアルバムを見せながら言った。

「そのショパンを弾く少年はクラシックのピアニストではなく、後にジャズ・ピアニストとなった男のことだと思います。慶應のヨット部にも所属していて、その頃牛込に住んでいた凄腕のピアニストといえば、この男しか思いつきません。戦後、『幻のモカンボ・セッション』[7]という奇跡的に残された録音でバド・パウエル[8]並みの腕前を披露し、その後、三十一歳という若さで自らの命を絶ち、日本のジャズ史に伝説を残した守安祥太郎[9]です。守安の家もここから近くて、何度かお会いしたこともあります。モカンボ・セッションでも私は守安の演奏を聞きました。慶應の中学生の頃には、ショパンを弾かせたらすごい天才がいる、という噂は広がっていましたが、戦禍の広がりとともにそれどころではなくなってしまったようです。そのユダヤ人の少女が聴いたショパン、確証はありませんが守安祥太郎の可能性が高いです」

阿川は興奮しながらそう言った。

「あの伝説のピアニスト、守安祥太郎……」

涼子は『幻のモカンボ・セッション』のアルバムに収められている丸眼鏡の守安祥太郎のポートレイトを思い出した。

＊

平野ミキから連絡があり、涼子と知佳は再び大船の「エレジイ」で会うことになった。ミキは先に着いていてテキーラ・ソーダを飲んでいる。涼子と知佳がタロウにオーダーを済ませるとミキは煙草に火を点けて話し始めた。

「この前の写真のことだけど、知り合いにジャーナリストがいて、ツテがあるって言うので調べてもらったの。そしたら案外、早くわかったわ。あの写真の女の子はハンナさんといって、日本を経由してアメリカに渡り、その後ニューヨークに住んでいたのがわかったの。写真を家族に送って確認してもらったんだけど、たしかにそうだって返事があったそうよ。残念ながら十年ほど前に亡くなられたらしいけど。遺品には日本語でメモが書かれたショパンの譜面の一節があったそうよ」

涼子と知佳は顔を見合わせた。

「ミキさん、ショパン弾きのことも確証はないのですが、もしかしたら戦後の伝説のジャズ・ピアニスト、守安祥太郎の少年時代の出来事だった可能性があります」

タロウが驚きの声を上げた。

「守安祥太郎って、あの『幻のモカンボ・セッション』の?」

涼子は頷くと阿川から聞いた話を始めた。事実か、どうかはわからないが、祖国ポーランドを追われた少女が遠い極東の地でショパン弾きに出会った幻のような出来事、そして、そのショパン弾きは『幻のモカンボ・セッション』に唯一の幻の録音を残し三十一歳で自殺した天才、守安祥太郎だったのではないか、ということをゆっくりと語っていった。

すべては幻の中の幻の出来事だ。ミキは父親と守安の関係は聞いたことがない、と言った。話し終えた涼子はタロウとミキに「ちょっと演奏していいですか?」と尋ねた。皆が快諾すると涼子は楽器を組み立て、マウスピースを装着した。そして呟いた。

「至急魂を解放せよ!」

Jazz Detective, Ryoko Naruse's mysterious Jazz Megané diary-In illusions

［エチカ7］　幻のピアニスト守安祥太郎

いつの時代、どこの国にも天才と言われる人間はいる。アスリート、ミュージシャン、画家。どんな分野でもキャリア・スタート時点で既に重要な要素を持ち合わせているのが天才だ。天才はその後、また天から授かった能力で努力を重ね、ステップ・アップしていく。日本のジャズの歴史にもそういった天才はいた。飛び抜けて凄かったのは戦後すぐにバド・パウエルやチャーリー・パーカーを研究しつくし、採譜を耳だけで完成させた上に、技術も習得したピアニストの守安祥太郎だ。

守安は戦前、ピアニストを目指していた母のもとで育った。姉たちは先生に師事する一方、祥太郎少年は先生をつけてもらえなかったものの、自己流で慶應幼稚舎の頃からクラシック・ピアノに勤しむようになった。そして、ピアノ弾き一家の中でも、突出した才能を発揮する。特に中学時代から練習し始めたショパンのエチュードをマスターし、〈エチュード10の4番〉といった難解な曲も弾きこなしていたという。性格的にはおとなしく、控えめではあったが、慶應義塾大学在学中は戦争に徴兵されて行った先輩の後を任され、ヨット部の主将を務め、人望も厚かった。先輩の出陣の際にはショパンの〈別れの曲〉を演奏し、送った。

ジャズに興味を持ったのは大学を卒業してからで、一九四九年からピアニストとして活動を始める。アメリカではビバップというスタイルが流行っていて、それまでのスイングとは違い、メロディもリズムもコードも全ての点で新たなジャズが生み出されていた。その立役者がチャーリー・パーカー、ディジー・ガレスピー、バド・パウエルらだった。守安は天才的な耳でレコードからチャーリー・パーカーをコピーしていった。その採譜された譜面は多くのジャズ仲間に回されていき、渡辺貞夫もその中の一人だった。その天才的な音楽性は、やがて薬への依存へと繋がっていく。一九五四年七月のモカンボ・セッションは奇跡的に録音され、後にレコード化、CD化され『幻のモカンボ・セッション』として残されている。日本のモダンジャズの黎明期が克明に記録され、特に守安の演奏の勢いは多くのミュージシャンを圧倒し、まるで全盛期のバド・パウエルがそこにいるかのような狂気ともいえる神業に満ち溢れていた。

守安は演奏中にピアノの上で逆立ちしたり、いろいろと奇行を繰り返したようで、その後、精神に異常をきたすようになり、一九五五年九月、三十一歳で自ら命をたった。それは彼が敬愛したチャーリー・パーカーが死んでから半年後のこと。パーカーのダイアル・セッションの時期にも通じるような晩年だったのかもしれない。守安はパーカーを追ったのだろうか。渡辺貞夫や秋吉敏子らの後輩を残して。

守安のピアノ、ジャズとの関わり合いとは何だったのだろう。当時、羽ばたいていたパーカーを追い求めるように後をつけ、その音楽の自由度と芸術性に気が付き、そしてひと時だけ、共に空を飛翔し、その音楽的自由を謳歌する間もなく、パーカーの墜落とともに空から地面に激突した。

先の序章でも書いたように、スピノザ的に言えば神のみが原因であって、それ以外は全て結果であるのだが、モダンジャズに限ればパーカーは原因なのかも知れない。その原因に、天才的な耳の良さで迫った守安は神との境界線を踏み越えようとしたのだろうか。あまりにもパーカー的な生き方で、それは、追い求める男につきまとう宿命的な行為だったのかも知れない。

守安の死は特に「優れたミュージシャンが亡くなった」と報じられることもなく、新聞では服装と年齢のみが書かれた事故の三行記事が掲載されただけだった。

註

(1) 白衣の大船観音
大船観音寺は鎌倉市岡本一丁目にある曹洞宗の寺。大船観音と通称される全長約二十五メートルの巨大白衣観音像は有名。観音像は一九二九年(昭和四年)、地元有志の発起により築造開始されたが、戦争により築造を中断。その後、二十年以上放置され、一九六〇(昭和三十五)年四月に完成。

(2) サン・ラ
サン・ラ(一九一四～一九九三年)は主宰するサン・ラ・アーケストラのバンドリーダー、ピアノ、シンセサイザー奏者。宇宙と交流し作曲、天体望遠鏡を用いたパフォーマンスでジャズ史に名を残した。そのビッグ・バンドは前衛的でありながらデューク・エリントン楽団のような色合いもみせる。一九九三年に月へ帰っていったが、バンドはサックス奏者、マーシャル・アレンが引き継ぎ存続。

(3) エリー・マイ・ラヴ
この曲はアメリカのソウル・シンガー、レイ・チャールズが一九八九年に発表した楽曲。元々サザン・オールスターズが、三枚目のシングル〈いとしのエリー〉として一九七九年に発表した楽曲を十年後にレイ・チャールズが英語でカバーした。

(4) 杉原千畝《すぎはらちうね》
杉原(一九〇〇～一九八六年)は日本の外交官で、第二次世界大戦中、リトアニアのカウナス領事館に赴任していた。杉原はドイツの迫害によりポーランドなど欧州各地から逃れてきた難民、多くはユダヤ人たちを一九四〇年七月から八月にかけて、外務省からの訓令を無視し、多くのビザを発給し避難民を救った。「東洋のシンドラー」とも呼ばれる。

（5）リトアニア
リトアニアは欧州のバルト海沿岸に並ぶ旧ソビエト圏のバルト三国の中で最も南にある国で、ポーランド、ラトビア、ベラルーシと国境を接している。首都はヴィリニュス。

（6）牛込柳町
牛込柳町駅は東京都新宿区原町二丁目にある都営地下鉄大江戸線の駅。

（7）幻のモカンボ・セッション
伊勢佐木町のナイト・クラブ「モカンボ」で当時活躍していたジャズ・ミュージシャンたちが一堂に会し、一大ジャム・セッションが行われた。主宰者はクレージーキャッツのハナ肇。一九五四年七月二十七日深夜から翌朝にかけ、会場には総計百人近いミュージシャンが集まり、演奏を繰り広げた。ピアノが守安祥太郎、秋吉敏子、ハンプトン・ホーズ等。アルト・サックスが渡辺貞夫、渡辺明、五十嵐明要、海老原啓一郎、山屋清。テナー・サックスが宮沢昭、与田輝雄、秋本薫。ベースが鈴木寿夫、滝本達郎、上田剛、金井英人。ドラムスが清水閏、五十嵐武要、原田寛治、川口潤。ギターが高柳昌行、ヴィブラフォンが杉浦良三など。皆でこぞってビバップを演奏した。その演奏は当時まだ十九歳の学生だった岩味潔の紙テープを使用した手作り録音機で奇跡的に録音された。現在、聴くことができる『幻の〝モカンボ〟・セッション '54』は名盤として歴史的なアルバム。

（8）バド・パウエル
一九二四年、ニューヨーク生まれ。ビバップ・ピアノの創始者。右手のシングル・トーンでのアドリブ・ソロは超絶的なテクニックを誇った。同時代のジャズ・ピアニストであるセロニアス・モンクと並びモダンジャズ・ピアニストを代表する。一九四〇年代後半から五〇年代初頭にかけて最盛期を迎えるが、五〇年代中期以降は麻薬やアルコールを多量摂取し、精神障害となる。ブルーノート、ルーレット・レコードなどのレーベルに吹き込み、代表作は『バド・パウエルの芸術』『アメイジング・バド・パウエル』『ザ・シーン・チェンジス』など。作曲では〈ウン・ポコ・ローコ〉〈クレオパトラの夢〉などが知られる。一九六六年死去。

（9）守安祥太郎
守安（一九二四〜一九五五年）はジャズ・ピアニストでモダンジャズのビバップを日本で最初に取り入れた。自殺により、録音はほとんど残されていないが、奇跡的に録音されていた『幻のモカンボ・セッション』にバド・パウエル・スタイルの演奏が残されている。東京都出身。慶應義塾大学経済学部から大学院へ。学生時代からクラシック・ピアノに親しみ、大学時代はヨット部の主将だった。ジャズに興味を持ち始めたのは社会人になってからだという。一九四九年からプロのピアニストとして活動開始。ビバップを研究し、チャーリー・パーカーの超絶アドリブを正確に採譜して、渡辺貞夫に伝授した。一九五四年七月、伊勢佐木町のクラブ「モカンボ」で伝説的なジャム・セッションを行う。守安を中心に秋吉敏子、渡辺貞夫、宮沢昭、ハナ肇、植木等などが参加。一九七〇年代に『幻の〝モカンボ〟・セッション'54』として発売された。守安の録音はこの時のものしか現存しない。一九五五年九月二十八日、目黒駅で電車に飛び込み自殺。享年三十一。

第八章　ブル・アキサキラ・クターラ(1)（Bulu Akisakila Kutala）

夏。黄昏時。大船。まだ明るい空の下、あかりが灯り始める飲み屋街の色合いに成瀬涼子はすっかり魅せられていた。茅ヶ崎で開かれていた友人の個展を訪れていた涼子は帰り道に鎌倉で知佳が営むカフェ「エスプリ」かバー「エレジイ」に少し寄ろうか迷っていた。時計を見ると六時を回っている。東京では八時、九時からしか開かないようなバーも、ここ大船では五時過ぎから開いていることが多い。先日の『幻のモカンボ・セッション』の一件から大分ご無沙汰したこともあり、涼子は「エレジイ」に立ち寄ることに決めた。夕陽に映えて、オレンジ色に染まる観音様が美しい。

涼子は観音様と反対側の街に降りると商店街を少し歩いた。街は下町の様に活気に溢れている。しばらく歩くと「エレジイ」の赤い提灯にもあかりが灯っていた。涼子はなぜか嬉しくなって、口笛を鳴らした。スナック風のドアを開けるとマスターのタロウがカウンターを拭きながら、笑顔を見せた。

「いらっしゃいませ」

涼子は会釈をすると前に来た時と少し変わった店内に気がついた。

「タロウさん、ずいぶんレコードが増えたんですね」

「そうなんですよ。近所のジャズ好きの方が寄付してくださって」

カウンターにはデイヴ・リーブマンやセシル・テイラーのレコードが飾られている。

「へぇ、ちょっとしたジャズ喫茶ですね」

タロウは髭をさすりながら、満面の笑みを浮かべた。

「このセシル・テイラーの『アキサキラ』珍しいですよね」

「あ、これも偶然いただいたんですが、高校の時に彼女を誘ってジャズ喫茶に行ってこれ、リクエストしたことがあるんです。そしたら凄いフリー・ジャズで。なんだかとても気まずくなっちゃいまして。外に出たら冷たい雨が降っていて……」

「センチな想い出ですね、タロウさん」

タロウはそのレコードを手に取り、ターン・テーブルに乗せた。日本人によるメンバー紹介がアナウンスされると、トリオの演奏が炸裂する。

「凄いエネルギー!　魂の解放ね」

「ジミー・ライオンズ[2]はまだパーカーの霊にとりつかれているみたいですが……」

その時、扉が開いた。二人は視線をそちらに向けた。

「あら、涼子。どうしたの?」

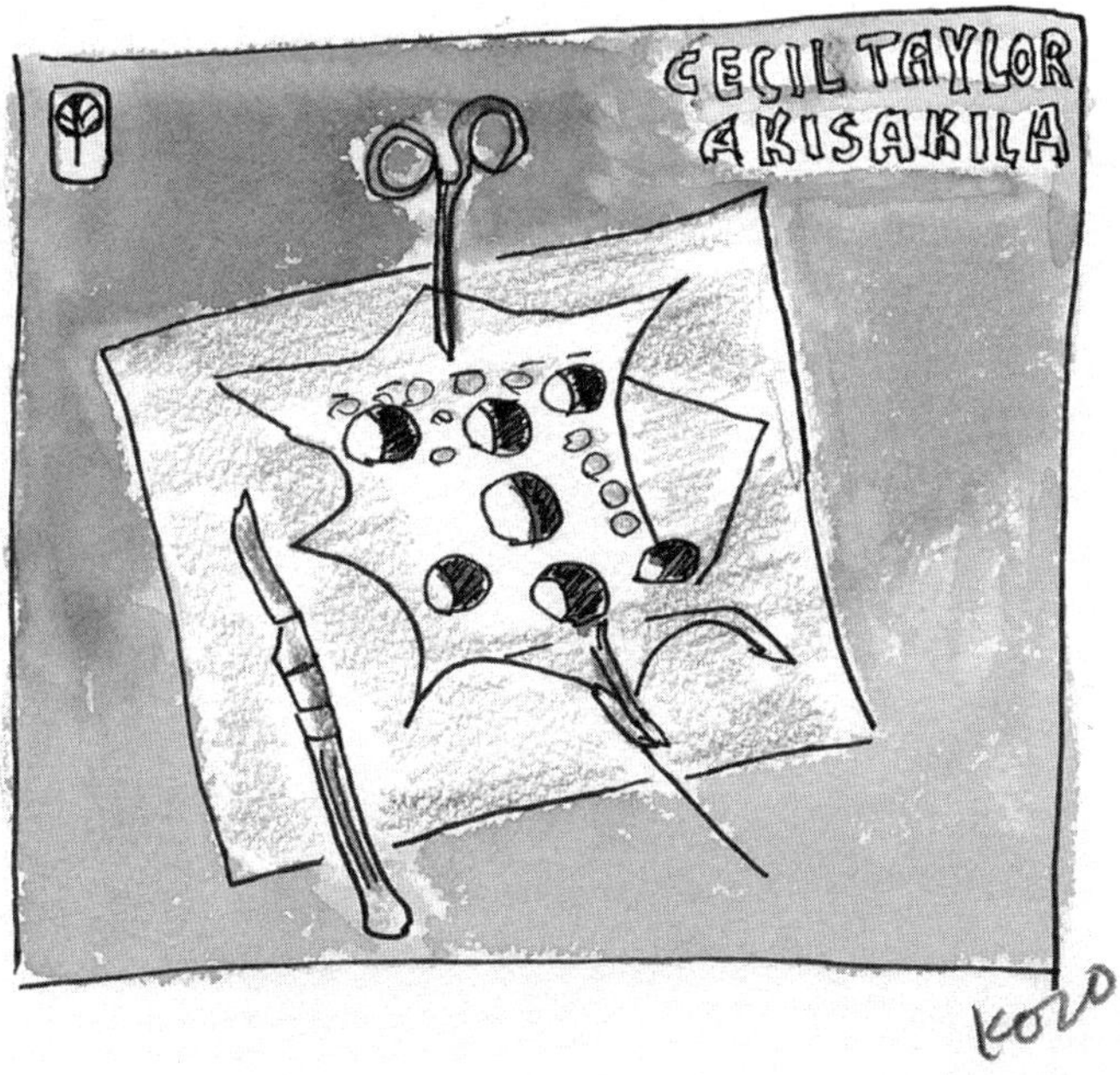
CECIL TAYLOR
AKISAKILA
KOZO

「やだ、知佳……」

涼子は照れくさそうに知佳に言った。

「今日は友達の個展で茅ヶ崎に行ってたの。知佳の所に寄ろうか、とも思ったけどエレジイに来ちゃった。ごめん……」

「なんだ、連絡してくれれば良かったのに。私も今日は所用でお店お休みにしたの。でもちょうど良かった。ここに着いたら涼子に電話しようと思っていたの」

「そうなの？　急用か何か？」

「また出たのよ」

「出たのって？」

「ブルーよ。ブルーのツイートが拡散しているの」

「ブルー！　やだわ。また、関わるのは勘弁……」

「もう因縁ね」

タロウは二人の会話を不思議そうに聞いている。知佳が説明をした。

「タロウさん、ブルーはね、快盗ブルーっていって謎の盗賊なの。ジャズのコレクターでパーカーのアルト・サックスも彼女に盗まれたまま。涼子は彼女のライバルで何度か彼女の目論見を阻止しているの」

「快盗ブルー？」

「ええ、噂によるとフランス国籍の超美女」

タロウはつぶらな瞳を輝かせた。

「涼子、今度はね、意味不明の詩なのよ」

涼子はわざとそっけない素振りをしてみせた。

「知佳さん、涼子さんは興味なさそうですよ」

タロウがそう言うと知佳は笑った。

「いつもそうなんだけど、すぐに探偵魂が目覚めるの、涼子は……」

涼子は不機嫌そうに知佳を見つめた。知佳はスマホでツイッターを開くとブルーのツイートを涼子に見せた。

「さぁ、涼子、読むわよ」

知佳は深呼吸をしてツイートを読み始めた。

「It is like breaking the bonds of death in the grave. It's like coming forward to bask in sunlight. Call me Lena this time.Bleu」(3)

「何かしら。タロウさん、英語得意ですか?」

涼子が尋ねると、タロウは指で少しだけ、という仕草をしてみせた。

「grave は墓だっけ? そして death。なんだか不気味な感じね」

知佳がなんとか訳そうと単語をググっている。

「最後の今回はLenaと呼んで、というのはどういうことかしら」

涼子がそう言うと知佳は笑いながら言った。

「やっぱり涼子、気になるのね。逃げられないわ、今回も」

「何かの詩のようですね。暗闇に光が差し込むようなイメージがしますね」

店内にはセシル・テイラーのピアノの音が洪水のように溢れている。


涼子は東京に戻って何度かこの文章を検証してみた。文章をいくつかに区切って検索してもヒットしない。詩かもしれない、というタロウの言葉が気になり、その線でも検索をかけてみたが手掛かりはなかった。後はなぜブルーが、「今回は私をLenaと呼んで」といったのか？

涼子はそちらの線からも手掛かりを探そうと考えた。

（ブルーは何をしようとしているのだろうか？）

ブルーのツイートで眠れなくなっている自分に涼子は呆れた。何度もLenaを検索してみる。

（やはりジャズに関係あるのはリナ・ホーンか。いや、ブルーのことだからもっとマニアックな意味があるのに違いないわ）

そうこうしているうちに涼子は眠りに落ちた。

夜中に目が覚めたのは「エレジイ」で聴いたセシル・テイラーの一九七三年日本公演のライヴ盤

『アキサキラ』のアルト奏者、ジミー・ライオンズのソロが強烈で頭の中をグルグルと回っていたからだった。涼子は急にあのアルバムが欲しくなってどこかで手に入らないか、スマホを手に取って検索を始めた。少ししかヒットしない。レアな一枚なのだろう。出てきてもソールドアウトで入手困難のようだ。メンバーは違うが同じくトリオのユニット編成の『カフェ・モンマルトル[4]のセシル・テイラー』は数年前に再発されたのでお薦め盤として画面に現れる。

（これも欲しいなぁ）

涼子はこのアルバムの詳細をクリックした。メンバーはジミー・ライオンズとサニー・マレイ。

涼子は曲目を見た。

「何これ……」

涼子は息を飲んだ。A面の二曲目が〈Call〉、三曲目が〈Lena〉というタイトルなのだ。

「偶然じゃないわ。これよ、このアルバムが何か関係しているんだわ！」

『カフェ・モンマルトルのセシル・テイラー』は一九六二年の十一月にデンマーク、コペンハーゲンのジャズ・クラブ「カフェ・モンマルトル」で実況録音されたものだ。ベースレスのトリオで当時は衝撃的なユニットだった。

涼子は取りあえずYouTubeで〈Lena〉をチェックしてみた。フリーなのだが、チャーリー・パーカーを彷彿とさせるジミー・ライオンズのアルトに続く、セシル・テイラーの知的で攻撃的なピアノ。その硬質で冷たい音色はコペンハーゲンの冷たい冬を感じさせた。しかし、涼子にはブルーのツイートの意味が依然として理解出来なかった。英文自体も詩のようで難しい。

（でも、あの詩の難しさ。詩人としてのセシル・テイラーの存在を思うとますます彼との関係性が濃くなってくる気がするわ。明日、タロウさんに電話して、あのセシル・テイラーのレコードをどこから手に入れたか、聞いてみよう。もしかしてセシル・テイラー・マニアかもしれないし）

窓の外がうっすらと白んできた。

「あ、タロウさん、昨日はどうも。ブルーのツイートで気になったことがあったのでお電話しました。タロウさん、あの『アキサキラ』のレコードはどこから手に入れられたのですか？　今となってはなかなかレアなレコードなんですけど」

タロウは午前中の突然の電話に起こされ、あくびをこらえているようだった。

「セシル・テイラーですか。あぁ、あれはフリー・ジャズ・ピアニストの元マネージャーをやっていた三四郎さんっていう方からいただいたんです。逗子にお住まいで、たまにコンサートのチラシなんか届けがてら寄ってくれるんです。セシル・テイラーのコンサートも制作してますよ。あ、そうだ、今夜も確か寄るようなこと言ってました」

「三四郎さん。お名前は聞いたことあるわ。セシル・テイラーの来日に関わっていたんですね。今夜、私もお邪魔します」

夕方の大船に到着した涼子は夕焼けと人混みと赤提灯が溶けあって映画のセットのようになった商店街を抜けて「エレジイ」に向かった。三四郎は早めの時間に来るだろうとタロウから連絡を受けていた。

（セシル・テイラーの最近のコンサートに関わったのなら、きっと何か手がかりになることを話してくれるかもしれない）

いつものスナック風の扉を開けるとタロウは笑顔で涼子を迎えてくれた。涼子は珈琲ハイを注文すると昨夜気がついたことを一通りタロウに話した。タロウは何度もうなずきながら、『アキサキラ』のレコードをターン・テーブルに乗せた。A面からB面に演奏が続き、アンドリュー・シリルの爆発するドラミングに真っ向からぶつかるピアノ・ソロの途中に差しかかった時、三四郎が扉を開けて入ってきた。小柄だが体格はしっかりしていて片手に大きなカバンを持っている。三四郎は芋焼酎をロックで注文した。涼子が会釈をして自分の名前を告げると、タロウは「凄いサックス奏者なんですよ」と言い添えた。涼子は謙遜するように手のひらを振る。タロウからあらかじめ涼子の件について聞いていた三四郎は自分の方から話を切り出した。涼子はタロウに話したことをもう一度伝え、ブルーについても説明を加えた。

「そのブルーがツイートした詩のような文章で何か知ってらっしゃることはないかと思いまして……」

涼子はブルーのツイートのメモを取り出して三四郎に渡した。

「It is like breaking the bonds of death in the grave. It's like coming forward to bask in sunlight. Call me Lena this time.Bleu」

三四郎はそのメモを見て首を傾げた。

「僕には難しい英語で全く意味が分からないですね……」

「難しいですよね。何か詩のような気がします……」

涼子の言葉に三四郎は右手で顎をさすって思案している。

「〈Call〉と〈Lena〉というのは、セシル・テイラーのオリジナル曲にあるんですね?」

三四郎は涼子に尋ねた。涼子は頷いた。三四郎は続けた。

「もしセシル・テイラーが関係しているとしたら、その文章は彼の詩かもしれない……ちょっと待って。二〇一三年に来日した時にセシル・テイラーのスピーチがあった。何か関連したものがないだろうか?」

「スピーチですか? 何か録音や録画されたものをお持ちではないですか?」

「あると思う……多分、関係者がその来日時の録音全てを持っているはずだから当たってみましょう」

三四郎はそう言うと携帯を取り出した。

*

二〇一三年十一月、東京草月ホール。

京都賞という日本版ノーベル賞とも呼ばれる国際賞は京セラの稲盛和夫名誉会長が設立した稲盛財団が一九八四年に創設した。先端技術部門、基礎科学部門、思想・芸術部門の三つの賞が贈られる。副賞は五千万円。思想・芸術部門は、これまでオリヴィエ・メシアン、ジョン・ケージなどが受賞していたが、第二十九回はセシル・テイラーが受賞。受賞式のため、来日し、ワークショップや東京でのコンサートも行なった。

三四郎は東京赤坂にある草月ホールで舞踏家の田中泯とのコラボレーションを制作していた。久しぶりの来日であり、このジャズ・レジェンドを聞こうと多くのジャズ・ファンが列をなした。三四郎は開演も迫る舞台回りを慌ただしく動いていたが、セシル・テイラーがベルトを忘れたので貸して欲しい、と頼んできたので、自分のベルトを貸すことになり、どうにも動きが不自由だった。いかにも奇人セシル・テイラーらしい逸話だ。

舞踏家の田中泯[5]が暗闇の中でゆったりと踊りを始める。止まっているような時間に、しなやかな動きが微妙にある。時間が二倍にも三倍にも感じられる中、音はまだ無い。しばらくするとセシル・テイラーが舞台袖から現れた。田中と同じようにゆっくりと体を動かす。わずか数メートルの舞台をたっぷりと時間をかけて移動しようとしているのだ。観客の方が緊張しているのかもしれない。ピアノの演奏を聴きに来たのに、ピアノにそのセシル・テイラーがたどりつかないのだから。

セシル・テイラーは体を柔らかく捻りながら、ピアノに少しづつ近づいていく。田中も同じ時間を共有する。セシル・テイラーが現れてからどのくらい経ったのだろうか。やっと彼はピアノの前に腰を下ろした。そして観客待望の第一音を発した。それすらもただの一音。余韻のみが会場に響く。田中は止まったままだ。テイラーが二音目を奏でた。徐々に音に躍動感が感じられてくる。身を固くしていた観客も次第に解き放たれていくかのように見えた。長いイントロを経てテイラーのパーカッシヴな演奏が空間に放たれていく。そして、それは凶暴なほど激しく展開した。田中が駆け出しては止まり、天を仰ぐ。暗闇の二人に光が当たり、音楽は墓場から地上に出て来たようだ。曲という切れ目はなく、まるで大地の夜明けから嵐を迎えた昼を経て、また静かな夜が訪れたような時間が経った。観客はその世界に引き込まれて、息を飲んでいたが、やがて迎えた終焉に息を吐き出し、その後大きな拍手を送った。

その日の演奏の後だった。セシル・テイラーがステージ中央に立ってスピーチを行なったのだ。

「It's an extraordinary honor to be working with a master. It is like breaking……」

＊

三四郎は携帯を切った。

「やはり、招聘者が全ての録音を持っていて確かスピーチがあったはずだと。すぐに聞いて分かれば英文にしてメールをくれるそうです」

涼子は大きく息を吐いた。

（もし、その英文がブルーのツイートと同じだったら……）

「三四郎さん、ありがとうございます。もう少しお店にいられますか？」

三四郎は微笑んだ。タロウはもう一度、セシル・テイラーの『アキサキラ』に針を落とした。嵐のようなテイラーのソロが店に響いた。

しばらくすると、メールの着信音がなった。三四郎は携帯を取り出した。涼子は息を飲んだ。

「来ましたよ」

三四郎は携帯の画面を涼子に見せた。その画面に涼子は声を上げた。

〈It's an extraordinary honor to be working with a master. It is like breaking the bonds of death in the grave. It's like coming forward to bask in sunlight. And in its fragile sense it is both vision and aspiration. Thank you all. 取り急ぎ〉

「一部分同じだわ」

タロウが携帯を覗き込んだ。

「なるほど……つまり〈マスターとご一緒することが出来てとても光栄です。例えるなら、死という概念を打ち壊し、日の光を浴びるようなことです。そして、繊細な感覚の中で未来像と大志を抱く事でもある。皆さま、ありがとうございます〉という感じですかね。合ってるか、どうかは全く分かりませんが……」

「タロウさん、凄い！　英語出来るんじゃないですか」

タロウは手を左右に振りながら続けた。

「このスピーチは田中泯のパフォーマンスに対する賛辞なのでしょうか、それとも純粋に詩なんですかね？」

「いずれにせよ、ブルーのツイートは二〇一三年にやったセシル・テイラーの日本でのパフォーマンスに関係あるっていうことね。何がお目当てなのかしら……」

三四郎が突然、手を打った。

「セシル・テイラーはこの京都賞で五千万円の賞金を手にしましたね」

タロウが続けた。

「その五千万円を盗み取ろうっていうことですか？」

三四郎が首を傾げた。

「いや、待てよ。違います。彼の五千万円はその後、確か盗まれて、いまだに戻っていなかったんじゃないかな。だからブルーには盗みようがない」

「ひどい話！　じゃ、ブルーのお目当ては何？」

タロウは水を涼子のグラスに注いだ。涼子はその水を一口飲むとスマホで検索を始めた。

「ねぇ、見て！　このアメリカのニュース。ほらここに書いてあるわ」

涼子は翻訳機能を使って日本語で表示させた。

〈ジャズ・ピアニスト、セシル・テイラー氏の自宅に五十万ドルが投げ込まれ、テイラー氏は警察に届け出た。その札束には手紙がついていて、これはあなたの京都賞の賞金です、と書かれていた。テイラー氏は出処が不明として警察に届け出た模様〉

涼子は三四郎とタロウと顔を見合わせた。

「つまり、快盗ブルーはセシル・テイラーが京都賞で戴いて、盗まれた賞金五千万円相当のお金をその犯人から数年越しに奪い返してセシル・テイラーの家に投げ入れたということのようね」

タロウが首を傾げた。

「ブルーはなんでセシル・テイラーにそこまで。盗むのが商売なのに……」

涼子は答えた。

「ブルーは天才ピアニストでもあるの。以前、ブルーの事件に巻き込まれた時、日本人の黒田美沙というピアニストの名前を名乗って有名な画家、藤澤貢の絵を狙ったことがあるわ」

三四郎が両手を大きく合わせた。

「その女なら二〇一三年の草月ホールにいた！　セシル・テイラーの身の回りのことを熱心に気を配っていた女だ。テイラーはスタッフだと言っていたけど。もしかしたらあれがブルーか！」

「そうだとしたら、ブルーはセシル・テイラーの賞金を最初は狙っていたのですかね？」

タロウがそう言うと涼子は首を振った。

「彼女、お金は狙わないわ。それから盗む時には何らかの謎かけツイートをするの。ということはただセシル・テイラーのファンで東京に来ていたのかもしれない」

三四郎が受けた。

「それで盗まれた賞金を盗んで、セシル・テイラーに返したということなのかな」

「ブルーのツイートは二〇一三年のスピーチの一部。謎解きとしてもつじつまが合うわ。尊敬するセシル・テイラーが受けた仕打ちに、本人に代わってやっと仕返ししてあげたということね」

「でも当のご本人は警察に返しちゃった」

タロウがそう言うと三四郎が返した。

「芸術以外に興味がないんだろうな、きっと」

ブルーのツイートはあっと言う間にこの店で解明された。ただ、このツイートを見た多くの人はブルーがこれから何を盗むのか、興味津々のままだろう。

涼子はカウンターに立てかけられた『アキサキラ』のジャケットを手に取った。

(ブルーもいいところあるわね。ちょっとした義賊ね……今回は脱帽だわ。いつかセシル・テイラーと共演してみたい……)

そして呟いた。

「至急魂を解放せよ！」

Jazz Detective, Ryoko Naruse's mysterious Jazz Megané diary-Bulu Akisakila Kutala

［エチカ8］　ヴェリー・クールなセシル・テイラー

フリー・ジャズには魂の解放を促す叫びがある。しかし、一方、このフリー・ジャズと言われるカテゴリーにはヴェリー・クールな音作りに基づくスタイルがある。源流はチャーリー・パーカーらの作りあげたビバップへの反動として、冷静に理論に基づいたジャズ、つまりクール・ジャズが生まれたことに発する。それはレニー・トリスターノやリー・コニッツに代表される。現代音楽的な冷静さが前面に出て、ビバップとはまた違った理論に基づく複雑なメロディやアドリブだった。それは、およそ魂の叫びとはかけ離れた表現だったが、なぜかそこから派生して、フリーのスタイルに発展して行ったアーティストがいる。代表するのはセシル・テイラーだ。ピアノはパーカッシブであるが、どこかクールで速いパッセージも魂の叫びというより、あくまでも幾何学的である。現代音楽のバルトークのような趣もところどころ覗かせ、どこかに冷たさを感じる。

セシル・テイラーの初期のトリオは特に魅力的で、そんなテイラーのピアノに加え、閃光的なドラミングのサニー・マレイ、オーネット・コールマンのような方向を目指しながらも、チャーリー・パーカーの呪縛から逃れられないアルト・サックスのジミー・ライオンズの演奏が聴ける。彼らが残したカフェ・モンマルトルでのライヴ録音は、コペンハーゲンという土地の空気感もあって、ヴェリー・クールなフリー・ジャズ演奏となった。セシル・テイラー・ユニットは一九七三年に来日し、『アキサキラ』というライヴ録音を残す。『カフェ・モンマルトル』と基本的なスタイルは同じだが、より過激になっている。テイラーのピアノはよりパーカッシブで、アンドリュー・シリルのドラミングは閃光を感じさせるようなパルスがある。ジミー・ライオンズといえば、長いアドリブの佳境では、かなり混沌とした境地に突入して行くが、導入部はやはり音色も雰囲気もパーカー的で、ふと〈バード・オブ・パラダイス〉でも聞こえて来そうな瞬間がある。何ともエキサイティングで不思議議でジャズを感じさせるトリオだった。そのアルバムが発売された時、高校生だった私は一つ後輩の女の子とジャズ喫茶に行き、このレコードをいきがってリクエストしたことがあった。お客様は私たち二人しかいなくて、外は冷たい雨。店の中も冷たくて、レコードの針が進むに連れて、なんとも行き場のない雰囲気になったことを覚えている。それ以来、こんなに体感温度の低いフリー・ジャズがあることを思い知った。

文化系の大学を卒業した私が理系の人間と話をすると、技術が進歩した現在、話が噛み合わないことがある。極薄になった液晶テレビを見て、「小人さんが入る隙間がないのによく映るね」と冗談を言うと、理系卒の仲間は軽くその理論を説明してくる。フリー・ジャズでもそんな感じなのだろうか。同じ表現をしていても文系と理系に分かれるような、そんなやりとりだった。

そういえばマルチ・リード奏者のアンソニー・ブラクストンはオリジナルの曲名を数式にしていた。それが彼にとって、真実解明への近道だったのかもしれない。

ブラクストンの音色はかなり魂の叫びを感じさせたが、その奥底にある源流が数式であったというのも文系の私にとっては不可思議で興味深いものだった。

註

（1）ブル・アキサキラ・クターラ
一九七三年、セシル・テイラー・ユニットが来日した際、トリオ・レコードによって録音された二枚組のライブ・アルバムの中での演奏をブル・アキサキラ・クターラと命名。アルバム名は『アキサキラ』となった。スワヒリ語でブルはblack、アキサキラはboiling、クターラはsmoothを意味する。メンバーはセシル・テイラー(p)ジミー・ライオンズ(as)アンドリュー・シリル(ds)の三人編成。コンサートのMCは悠雅彦。

（2）ジミー・ライオンズ
一九三一年生まれ。一九六〇年、ライオンズはアーチー・シェップの後、セシル・テイラー・ユニットに加入。一九六二年のカフェ・モンマルトルでのセッションでユニットと共に高い評価を受けた。チャーリー・パーカーの影響を受けた即興演奏はビバップとフリー・ジャズを繫ぐスタイルとして認知されている。一九六九年にＢＹＧレーベルよりリーダー作『アザー・アフタヌーンズ』を発表。ライオンズはセシル・テイラー・ユニットに一九八四年まで在籍した。

（3）It is like breaking the bonds of death in the grave～
本文に書かれたこの言葉は二〇一三年に第二十九回京都賞思想・芸術部門を受賞し、来日コンサートを十一月十七日に赤坂草月ホールで行なった際のセシルによる演奏後のスピーチ。抽象的であるうえ、聞きとったものなので正しい意味はよく分からないが、共演したオドリの田中泯を讃えたスピーチかと思われる。

（4）カフェ・モンマルトル
一九五九年にオープンしたデンマーク・コペンハーゲンの「カフェ・モンマルトル」。北欧のブルーノートとも呼ばれた。セシル・テイラー・ユニットやデクスター・ゴードン、ジャッキー・マクリーンらの人気アルバムがライブ録音された。一九九五年に閉鎖するも二〇一〇年に復活。ジャズのエトランゼ感の側面がライブ盤から香り立つのは気のせいだろうか。

（5）田中泯
田中は一九四五年生まれ。自らのパフォーマンスをオドリと称するダンサー・舞踊家。世界的な評価も高い。近年では俳優としても活躍。ドラマ「ハゲタカ」、ＮＨＫの朝ドラ「まれ」の出演で知名度も高い。セシル・テイラーとの二〇一三年のコラボでは超スローなオドリでセシル・テイラーと互角に渡りあった。私は故・相倉久人氏のお別れ会での一人オドリのパフォーマンスを見た時の印象を忘れられない。田中は「名付けようもないダンスそのものでありたいのです」と語っている。

第九章　ワン・ナイト・ゲームは新宿で　(One Night Game at Diggin')

脳の中の引き出しが開いて、突然記憶が甦ることがある。成瀬涼子は久しぶりに新宿を訪れ、ビルの隙間から吹く一瞬の突風に煽られた時、そう思った。一気に時空が歪んで幼い頃の記憶が甦えって来たのだ。この街には不思議な魔力がある。新しいエネルギーと古い記憶が混在している。涼子は夜深い時間に老舗のジャズ喫茶「Diggin'」に向かった。「Diggin'」は一九六一年に開店、多くのジャズ・ファンに愛され、セロニアス・モンク、チャールス・ロイドなど海外のジャズメンも多く訪れた。今では二代目の店長が店を切り盛りしているが、最近はライヴもするようになり、涼子も演奏の依頼を受けたばかりだ。紀伊國屋書店の脇の道を歩くと、生まれる前からの街の記憶と自分の幼い頃の記憶、今の強いエネルギーが混在して時空が歪んでいる感覚に襲われた。

店に着き、階段を下りると丸刈りにヒゲの店長の中野有人が笑顔で迎えてくれた。涼子は会釈して店内を見渡すと、お客さんは誰もいない。有人はカウンターに来るように手招きした。涼子はカウンターに腰掛けた。この店に来始めたのは、地下のワン・フロアだけになってからだが、以前は三階まで4フロアあってどの階も賑わっていたものだ。

「マスターすみません。閉店間際に突然。今回のライヴのお誘いのお礼を言いたくて……ありがとうございます。光栄です」

「こちらこそ、よろしくお願いします。僕の名前がアルトですから、やはり涼子さんのアルトには早く登場して欲しかったんですよ」

有人は涼子が注文したコーヒーを入れながら答えた。

「涼子さんは名探偵でもあるんですよね。ジャズに関わる色々な事件や謎を解決しているって噂ですよ」

涼子は手を左右に振った。有人は笑いながら、一箱のマッチを差し出してきた。

「私、煙草は吸いませんので……」

「あ、違うんですよ。そのマッチ、一九六四年の東京オリンピックの年に世界的な画家でジャズ評論家でもあった植木直一(1)さんが描いたもので、先代のマスターだった父が家で片付けをしていたら出てきたって、渡されたんです」

そこにはお馴染みの「Diggin'」のマッチ箱の上に改めてサインペンを使い、派手な色彩で上書きされたサイケな模様が描かれている。

「涼子さん、中箱を引き出してみて下さい」

Bernard
DIGGIN'
MODERN JAZZ
KOZO

涼子は言われるままに引き出した。何十年も眠っていたマッチが詰まっている。

「裏を見てください」

涼子がマッチ箱を上に持ち上げると中箱の裏にも黒のサインペンで絵が書いてある。

「何かしら？　なんか壺とギターのようですね」

「そのマッチは先代と画家の植木直一さん、トランペッターの大野正夫さん、ジャズ評論家の内田秀夫さんがポーカー・ゲームをした時に既存のマッチに上描きしたものらしいですよ。なんでも植木さんがオリジナルのトランプをお作りになったということで、それならそれでポーカーでもやろうか、ということになったという話です」

「植木さんが描きおろしたトランプ。お値打ちものですね」

「植木さんが亡くなられた時には存在しなかったそうなので、もうこの世にはないか、誰かが所蔵しているかですね」

「植木さんの本、私の愛読書です。世界的な画家で、それにジャズにも造詣が深いし。ご存命中にお会いしたかったわ」

涼子がそう言いながら中箱の裏の絵を見つめた。

「それにしてもこの絵は何か意味があるのではないかしら」

「意味って……」

「うーん。ポーカーをやっている時に描いたんですよね。煙草を吸う時に使ったマッチでしょうけど、その時に描いたイタズラ描きにしてはなんか謎めいてません？」

涼子が差し出したマッチを有人が受け取った。

「そういえば、なんで壺とギターなんだろう。植木さんはミステリー愛好家だし、何かの暗号とか？」

涼子が煙草を咥え、マッチで火をつける仕草をしてみた。そして壁にかかる古時計に目をやった。店は一九六一年に開店以来、何回か引っ越し、リニューアルしているが、基本的なレンガ造りの内装と小物は変わらない。特に時計は先代マスターの趣味でヨーロッパのアンティークものから逆に回るからくり時計まで多数が壁に飾られている。

「ギターといえば？」

涼子がそう言うと有人が首を傾げながら答えた。

「タル・ファーロー、チャーリー・クリスチャン、ジミー・レイニーですか……」

「随分、渋いですね。もう少しポピュラーなギタリストというと？」

「ジョージ・ベンソン、ウェス・モンゴメリー、ジム・ホールは？」

「そうですよね。そして、それに壺。壺は英語でなんでしたっけ……」

「Pot とか？　まさかポット・マルティーノ？」

「それはパット・マルティーノですよ」

涼子と有人は大笑いをした。有人は話題に上がったジャズ・ギタリストのＣＤをかけては話を脱線させていく。

「涼子さん、電車やばいかも……」

涼子は再び壁にかかる古時計に目をやった。時は過ぎていた。

「終電、逃したわ」

「じゃ、どうせですから、このマッチの意味、解明しちゃいましょうよ。帰りは車で送って行きますから」

有人と涼子は秋の長い夜、ジャズ・ギタリスト論議に話を弾ませた。涼子は有人が少し眼を閉じている間にふと思った。

（壺にギター……そうだ、ミステリー好きの植木さんだけど、これはお遊びなのかも。あまり難しく考えては駄目。謎を投げかけて、その答えが難しかったら誰も相手にしてくれない。ということは、もっと分かり易いものが答えなのかもしれない）

涼子は何度も呟いた。そして指を鳴らした。

「ねぇ、有人さん、このマッチ、ポーカーの時の物と言ってましたよね。ポーカーといえば、いろいろゲーム用語や役の名前はあるけど、あれは関係ないかしら。あれ、ウェスの……」

「ウェス・モンゴメリーといえば、『フル・ハウス』[2]ですか？」

「そう！　お店にありますか？」

「ＣＤならすぐ手に取れる場所にありますけど……」

有人はそう言ってCD棚に目をやった。そしてCDを取り出した。アルバム・ジャケットはギターを弾くイラストが印象的だ。涼子はそのジャケットを指差した。

「ほら見てください。ここです」

その指差した先には「recorded 'live' at Tsubo-Berkely, California」とある。

「壺じゃなくてカリフォルニアのライヴ・ハウスの名前、『Tsubo』」

有人がマッチ箱の中箱をもう一度見ると何度も頷いた。

「とすると、これはこのアルバムを指しているということ？」

涼子は頷いた。

「多分……でも、このポーカーをした時代にはCDはないでしょ。有人さん、このレコードはありますか？」

「ええ、奥のレコード部屋に。最近はCDをかけることが多いのでレコードは奥の部屋の棚にあります。ちょっと見て来ますね」

有人はそのCDをかけると、エプロンを外して奥の倉庫に向かった。『フル・ハウス』はライヴ録音でウェスの最高傑作の一つだ。ウェスのオクターブ奏法、ウィントン・ケリーのグルーヴィーなピアノ、ジョニー・グリフィンのブローするテナー、とモダ

ンジャズの魅力に溢れている。1曲目の〈フル・ハウス〉のグルーヴは凄い。3拍子だが、猛烈にスウィングしている。

有人がレコードを持って戻って来た。

「涼子さん、どうぞ」

涼子はレコードを手に取ると表と裏をじっくりと見た。

「オリジナル盤ね」

「何かありました?」

「いや、ジャケットには何も」といいながら、涼子はレコード盤を取り出した。その時、レコード・ジャケットの口を開いて覗き込んだ。

「あら、ジャケットの裏側に何か書いてあるわ」

そこにはサインペンで数字が書かれている。

「有人さん。数字が書かれているの。読み上げるからメモしていただけません?」

涼子は髪をかき上げて、覗き込みながら数字を読み上げた。

「いいですか。to 4101」

「なんですかね、この数字?『フル・ハウス』まではたどり着けたけど、この数字はなんだろう?」

「そうね……」

涼子は大きめの濃いグリーンのセルフレームの眼鏡の縁を掴んだ。

「この植木さんのミステリー遊びは難しいものではなさそう。ずばり何かのレコード番号ね。この数字を入れてググッてみて答えが出てきたら、きっと分かるでしょう。でもその前に当ててみたい！　自分の頭で考えて……この数字の列はきっとブルーノートのレコード番号よ」

「ブルーノートだとしたらなんでしょう？」

「有人さんもジャズ喫茶のマスターなんだから、自分の頭で考えてみてください。『フル・ハウス』から続く関連性のあるアルバムといったら……」

「うーん……なんでしょうね？」

「ほらあれがあるじゃないですか！　最強のカードの役！」

「もしかしてこれかな？」

有人はまたＣＤ棚に手を伸ばした。

「これですか？」

有人が手にしたＣＤは『ロイヤル・フラッシュ』、ドナルド・バード(3)のリーダー・アルバムだ。

そこにはレコード番号の４１０１という数字があった。

「これね！」と、涼子が言うと有人は笑みを浮かべ、ＣＤをかけ替えてから、またレコードのある部屋に向かった。有人の持って来たＬＰにはドナルド・バードのアップの写真があった。

「なに、このしたり顔ったら……」

涼子は笑った。ドナルド・バードが五枚のカードを手にしたアルバム・カバーだ。このアルバムはドナルド・バードが絶好調の頃の作品で初めて彼のバンドにピアノのハービー・ハンコックを起用している。

「まさにハンコックという素晴らしいエースを引いたということよね」

涼子はアルバム・ジャケットのドナルド・バードの顔を指でなぞりながらそう言った。そして、『フル・ハウス』の時と同じ様に、ジャケットの表と裏を丁寧に確認した。表と裏は綺麗なものだった。そして、ジャケットの内袋を取り出した。内袋にも何もなかったが、涼子は一瞬違和感を覚えた。

「有人さん、レコードを抜き出す時に何か変な手応えがあったわ。何かしら……」

涼子はジャケットの口を広げて、その中を覗き込んだ。

*

一九六四年夏。

「今夜は暑いなぁ。このクーラーも効きが悪い」

世界的な画家として成長してきた植木直一がハンカチで額を拭いながら言った。一九六一年にオープンしたジャズ喫茶「Diggin'」も新宿の顔となり、若者たちに人気のスポットになった。店の営業時間中は私語禁止という厳格なルールがあるにも関わらず、カルチャーの先端となったモダンジャズを聴きに若者たちの来店は絶えなかった。店のオーダーも指のサインでやりとりするという徹底ぶりだ。ただ、店が閉まるとジャズ好きの各界の名士が集ってはジャズを聴きながら酒を酌み交わす。この晩はオーナーの中野保雄と画家の植木直一、トランペッターの大野正夫、ジャズ評論家の内田秀夫の四人が集まっていた。

「どうですか、新しい店のロゴ？　今までのロゴに少し手を加えただけですが」

「いやぁ、とてもジャジーで気に入りました」

オーナーの中野が植木に答えた。ＪＢＬの大型スピーカーからはマイルス・デイヴィスの『セヴン・ステップス・トゥ・ヘヴン』が流れている。

「今年は楽しい年ですな。マイルスももうすぐ来日、オリンピックも秋には開催ですし。マイルスは特に楽しみですな。なぁ、大野くん」

ジャズ評論家の内田が言うと、レイバンの黒眼鏡をかけた大野が答えた。

「僕は別に……特別にマイルスを意識している訳じゃないですから」

トランペッターの大野は新進気鋭のジャズメンでその刺激的なプレイとファッショナブルな出で立ちで若者たちの支持を集め始めていた。植木がスコッチ・ウイスキーのロックを飲み干すと、カウンターに集まっていた仲間に提案をした。

「皆さん、実は私、自作のトランプ・カードを持参しまして、良かったらこれでポーカーでもしませんか？　カードとしてはちゃんと機能しますからご心配には及びません」

植木がカードを上着のポケットから取り出した。カードの裏はシンプルな赤一色だが、表はサイケなキングやクィーンが描かれている。

「一夜のお遊びということでどうですか？」

中野も大野も内田も頷き、マスターの中野が中央のテーブルに移動するように促した。中野はコルトレーンの『ライヴ・アット・ザ・ヴィレッジ・ヴァンガード』(4)をターン・テーブルに載せて、テーブルの回りに椅子を四つ並べた。

「〈チェイシン・ザ・バード〉は暑苦しいね」

内田がそう言うと植木が答えた。

「熱気を超えたこの暑苦しさがいいんじゃないか。さぁ、チップはこのマッチを使ってくれたまえ」

植木が極彩色に塗られた「Diggin'」のマッチを差し出した。

「サイケなマッチですね」

「賭け金はいつものレートで……」

中野の提案に全員頷き、ゲームは始まった。まず中野が親になり、トランプを時計回りに配った。

大野がカードを手の内で見た。

「これまたサイケなカードですね」

植木が微笑んだ。他の二人も頷いた。コルトレーンのソロが白熱してエルビン・ジョーンズとの激しいデュオに変化していくに連れ、それぞれの声が高くなっていく。

「コール！」「レイズ！」「ドロップ！」

ジャズ好きにはギャンブル好きが多い。内田が飛ばしている。

「ストレート！」

内田が場にかけられたチップを回収していく。

「先生、ついてますね。僕なんかブタばかりですよ、今夜は」

中野はそう言うとレコードをB面からA面にかけ直しにカウンターに戻った。ドルフィーのバスクラが響いてくる。ゲームが進むと今度は植木が調子を上げてきた。

「私が親ですね」と言いながら、慣れた手つきで五十二枚のカードを切っていく。ゲーム中は植木が最もポーカーフェースだ。植木が五枚のカードを手早く配った。

一巡目が終わる。二巡目でそれぞれ場にカードを棄て、また引いていく。この引きに入ると流石に誰もが口数が少なくなる。内田も中野も真顔の表情に変わるが、大野は終始しかめ面をしていて、植木は薄笑いを浮かべている。植木が「ビット」と言って数本のマッチをテーブルに置いた。大野がそれを受けレイズしてくる。植木はコールした。内田と中野は降りた。二人は札を見せあった。大野が言った。

「ストレート」

植木は微笑みながらカードを見せた。そこにはフル・ハウスのカードがあった。植木はチップを集めると「ちょっと失敬」と言い、バー・カウンターに入って行った。そして、勝手にレコード棚に手をやると指で棚のレコードをかき分け始めた。

「『フル・ハウス』、『フル・ハウス』と……あ、ここだ、ここにある……」

そう言って一枚のレコードを取り出した。そして、しばらくジャケットを見つめるとターン・テーブルに載せ、針を落とした。軽快なワルツに乗り、ウェスがスウィングしてメロディーを奏でる。

植木はご機嫌そうに笑顔でテーブルに戻った。

「先生、ご機嫌ですね」

中野がそう言ってスコッチを飲み干した。

「フル・ハウスにはウェスが合いますな」

植木はまたカードを集めて、慣れた手つきでその固まりを切った。五枚のカードを配るとそれぞれの顔がまた真顔になっていく。中野以外、それぞれ同じような数のマッチがテーブルの端に溜まっている。ゲームは次の場に進んだ。早々と植木がビットすると、大野がコール、中野と内田は降りた。植木はまたレイズして、この場を吊り上げていく。大野も受ける。マッチの数があっという間に増えていった。

「コール」

植木と大野は互いに目を合わせた。まず大野がカードを表にしてテーブルに並べた。そして言った。

「ストレート・フラッシュ」

それに対して植木が変わらぬ笑顔で応えた。

「ロイヤル・ストレート・フラッシュ(5)」

他の三人がどよめいた。

「私の勝ちですな。そろそろ約束の時間ですので、お開きにしましょう」

壁に掛けられた時計に四人は目をやった。

「植木さん、本当ですか？　なんだか怪しいなぁ。このカード何か細工がしてあるんじゃないですか？」

マッチを数える植木に内田が投げかけた。

「そんな小細工はしませんよ」

植木はそう言いながら、掛け金の清算をするよう全員に促した。

「植木さんの一人勝ちですね。それにしてもロイヤル・ストレート・フラッシュとは恐れ入ります」

「いやぁ、まぐれですよ」

大野は相変わらずしかめ面をしていた。

「さぁ、せっかくですからドナルド・バードの『ロイヤル・フラッシュ』でも聴きましょうか。

中野さん、勝手にカウンターに入ってかけますよ」

中野が頷くと、植木はレコードを探している。残りの四人はそれぞれ残された酒を飲み干している。ドナルド・バードのそのアルバムから〈ハッシュ〉が流れて来る。

「いやぁ、ファンキーですなぁ。愉快、愉快」

植木の言葉に中野が応えた。

「ハービー・ハンコックは素晴らしい若手ですね」

大野がテーブルに置いた時計をはめると席を立った。新宿のワン・ナイト・ゲームは幕を閉じた。

*

二〇一七年
涼子はジャケットから内袋に入ったレコードをカウンターの上に置くとジャケットの中に手を入れた。何か変な感触がしたからだ。

「ジャケットの中に何かあるわ」

まさぐるように指を動かしてみる。

「中に何か貼りついている。マスター、懐中電灯ありませんか？」

有人がカウンターの下から懐中電灯を取り出すと涼子に手渡した。涼子はその懐中電灯でジャケットの中を照らしていく。

「これ何かしら？　何か貼りついているわ」

涼子の指は何物かを掴んだ。そしてジャケットの内側からそれを剥がすと、取り出した。

「お札だわ！　それにカードが一枚」

古い五千円札にくるまれたカードがジャケットの内側に貼られていたのだ。涼子はくるまった五千円札を外し、カードを手にした。それはスペードのエースだった。

「これはそのゲームの夜のトランプの一枚のようね」

「何で一枚なんでしょうね」

有人がそのサイケなカードを覗き込んだ。

「きっと、そのゲームで植木さんがイカサマをしたんだと思うわ」

涼子はカードの裏を見た。

「真っ赤に塗られたカードの裏だけれど灯りに照らされると塗りにムラがあって浮き上がってくるのが分かるでしょう？」

「確かに……」

「このカードのようにカードを裏からでも読み取れるようにしたか、若しくはこのカード自体が隠しカードで何処かですり替えるためのカードだった可能性も。詳しくはないけど、ボトム・ディールでイカサマをしたかも知れないし……きっと植木さんがその晩は一人勝ちしたはずです。帰ったら先代マスターに聞いてみてください」

「ということはこの五千円札は？」

「その晩の罪滅ぼしか、その懺悔のための告白方法だったんでしょう。きっと、レコードを取りに行くか、ジャケットを見に行くふりをして二枚のアルバムのジャケットの内側に数字を書いたり、カードを貼ったりしたんでしょう」

「ミステリー好きな植木先生の悪戯だったということですね」

「それにしても五十年もよく見つからなかったものだわ」

「そうですね、先代マスターも気づかないまま五十年もたったという訳ですね。植木さんも本当は気づいて欲しかったんでしょうけど……」

有人がそう言うと涼子は笑いながら頷いた。

「他の全てのカードはどこにあるのかしら？」

「案外、めぐり巡って、あの快盗ブルーが持っている、とか……」

有人がそう言うと涼子は肩をすくめた。有人は続けた。

「遠い昔のワン・ナイト・ゲームの謎をワン・ナイトで解決したって訳ですね。さすがジャズ探偵、成瀬涼子さんです！」

涼子は頭を左右に振った。

「せっかくですから、電車が動くまでレコードを聴きまくりましょうよ、マスター」

「そうですね。そうしますか」

有人がそう答えると涼子は呟いた。

「至急魂を解放せよ！」

Jazz Detective, Ryoko Naruse's mysterious Jazz Megané diary-One Night Game at Diggin'

[エチカ9] 新宿DIG・DUGの時代

新宿の靖国通り沿い、ピカデリー隣の地下にジャズ喫茶&バーの「DUG」はまだ健在だ。今は二代目の中平塁さんがマスターをしているが、創立者でオーナーの中平穂積氏が一九六一年にジャズ喫茶としてオープンさせた。中平氏はカメラマンでもあり、長い間、ジャズメンの写真を撮り続け、今でも写真展をよく催している。

「DIG」は一九六一年に二幸裏のビルの三階にオープンし、新譜のジャズ・レコードをかけ、若者を中心にたいへん賑わった。お喋りは禁止でオーダーすらも手の仕草で伝えるという徹底ぶりだった。オープンには若者に人気のあった執筆家の植草甚一氏のアドヴァイスを得ていたが、二人の出会いのきっかけは「ポニー」という「DIG」より前からあるジャズ喫茶でセシル・テイラーの新譜を聴いて、意気投合したことによる。植草氏はその後、常連となり、日本のジャズ・カルチャーに大きな影響を与えた。「DIG」にはホレス・シルバー、セロニアス・モンク、チャールス・ロイドなどが訪れて、中平氏と親交を深めた。モンクといえば「ジャズ探偵成瀬涼子と快盗ブルー」でも書いたように、彼が離日する時、中平氏はお土産に〈荒城の月〉が入ったオルゴールを手渡したが、モンクはそれをいたく気に入り、帰国の機内でずっとかけていたとのことだった。ニューポートで中平氏と再会した折に、〈荒城の月〉をステージで演奏、後に〈ジャパニーズ・フォーク・ソング〉というタイトルでレコーディングもしている。

一九六七年、中平氏はお酒も飲める「DUG」を紀伊國屋裏にオープンする。ロゴ・デザインは和田誠氏。「DUG」にも多くのミュージシャンが集まり、チック・コリア、スタン・ゲッツ、日野皓正、元彦兄弟との深夜のセッションは伝説的だし、カーメン・マクレーやマル・ウォルドロンのライヴ録音も残された。この間、中平氏はカメラマンとして、二度ニューポート・ジャズ・フェスティバルとニューヨークを訪れている。ジョン・コルトレーンやマイルス・デイヴィス、セロニアス・モンク、ビル・エヴァンスの写真は有名で、特に8ミリカメラで撮ったカラーのジョン・コルトレーンの映像は歴史的な価値がある。モンクの汗染みのジャケットを着た写真は映画『ターミナル』でも使用された。

この短編小説「ワン・ナイト・ゲームは新宿で」に登場する人物たちは当時、「DIG・DUG」に集まる常連さんたちをモデルにしている。それぞれ中平穂積氏、植草甚一氏、日野皓正氏、内田修氏をイメージしたものだ。「DIG・DUG」はサブ・カルチャーを超え、六〇、七〇年代ど真ん中のカルチャーとなって行く。

一九七七年にはカフェ・バーの草分け的な「ニューDUG」がオープンし、三階は文化人が集まるサロンのようになっていたようだ。その後、「DUG」はライブ・ハウスとして長い間人気を集め、ケイコ・リーなどのスターを育てた。私も「DUG」での演奏のために来日したリー・コニッツとジョルジュ・アルバニタスのアルバム・レコーディング・プロデュースをしたことがある。

現在は靖国通り沿いに「DUG」として一店舗あるのみだが、相変わらず盛況だ。

註

（1）植木直一

この小説に登場する植木直一のモデルは文筆家、文学評論家、ジャズ評論家、映画評論家の植草甚一（一九〇八～一九七九年）。通称J・J氏。明治生まれで東宝に勤務し、一九五六年頃、四十歳も後半の頃からモダンジャズを聴き始め、当時の新しい前衛ジャズなどに傾倒し始める。若者にも強い支持を受け、一九六〇～七〇年代のサブ・カルチャー・ムーヴメントに影響を与える人物として存在。主な著書は『ジャズの前衛と黒人たち』『ぼくは散歩と雑学が好き』など。

（2）フル・ハウス

ギタリスト、ウェス・モンゴメリーがリヴァーサイドに吹き込んだ同タイトルの名盤。一九六二年六月二十五日にカリフォルニア州バークレーのコーヒー・ハウス「ツボ（Tsubo）」でのライブ録音。メンバーはウェス・モンゴメリー(g)ジョニー・グリフィン(ts)ウィントン・ケリー(p)ポール・チェンバース(b)ジミー・コブ(ds)。一曲目に収録された〈フル・ハウス〉はウェスのオクターブ奏法が炸裂し、共演のメンバーのソロもグルーヴして屈指の名演となっている。

（3）ドナルド・バード

バードは一九三二年デトロイト生まれ。トランペット奏者。ハードバップの全盛期、一九五五年初リーダー・アルバムをトランジション・レーベルから発表。その後ニューヨークでジョージ・ウォーリントンのバンド、一九五五年末にはジャズ・メッセンジャーズに参加。一九五七年にはアルト・サックスのジジ・グライスと共にジャズ・ラブ・クインテットを結成。一九五八年からはリーダーとしてブルーノート・レーベルを中心に録音し、『フュエゴ』はバードの代表作。サイドメンとしての録音も多くジョン・コルトレーン、ジャッキー・マクリーン、ソニー・ロリンズ、ハービー・ハンコックなどと共演。一九七三年にはファンク・ロック・スタイルの『ブラック・バード』がヒット。フュージョンの先駆けとなった。

（4）ライヴ・アット・ザ・ヴィレッジ・ヴァンガード

同タイトルのライヴ・アルバムは数多くあるが、なかでもジョン・コルトレーンがインパルスに残したライヴ盤はジャズ史上屈指の名盤。メンバーはジョン・コルトレーン(ts, ss)エリック・ドルフィー(bcl)マッコイ・タイナー(p)レジー・ワークマン（b/1,2）ジミー・ギャリソン（b/3）エルビン・ジョーンズ（ds）。一九六一年秋の演奏で、その熱気と湿度の高さが録音から伝わってくる。一曲目の〈スピリチュアル〉にはエリック・ドルフィーがバス・クラリネットで参加。三曲目の〈チェイシン・ザ・トレーン〉のピアノレスでの演奏は魂が空間をさまようような演奏だ。コルトレーンは末期、一九六六年にも『ヴィレッジ・ヴァンガード・アゲイン』を発表。その時はアリス・コルトレーンがピアノで参加している。

（5）　ロイヤル・ストレート・フラッシュ

ストレート・フラッシュは、Q♣J♣10♣9♣8♣のように同じスートで数字が連続する五枚のカードで構成された役。フラッシュの条件とストレートの条件を同時に満たしたもの。A◆K◆Q◆J◆10◆のようなAから10までのストレート・フラッシュのことを「ロイヤル・フラッシュ」とも呼ぶ。この役が最も強い役である。日本では「ロイヤル・ストレート・フラッシュ」と呼ぶこともある。ランダムに選んだ五枚のカードでこの役ができる確率は0.0015%という。ドナルド・バードの一九六一年録音の人気アルバムのタイトルは『ロイヤル・フラッシュ』。

第十章　Mr. J は秘密のイニシャル　(Who is Mr. J?)

大船にあるバー、「エレジイ」のタロウから電話があり、涼子は出かけて行った。涼子の住む世田谷からはかなり遠いが、今ではなぜか頻繁に訪れるようになっている。親友の知佳が鎌倉でカフェを開店したのをきっかけにこの方面には足が向くようになったが、「エレジイ」のタロウを始め、茅ヶ崎方面に引っ越した仲間と会う事も多く、今ではすっかりこの地域の常連のようになってしまった。タロウは大船に新しく出来たバーを紹介したい、と電話をかけて来た。小さいけれど、素敵なバーでミニ・ライヴをマスターがやりたいと言うので、一度会って欲しい、とのことだった。涼子はタロウと観音様のある西口で黄昏時に待ち合わせた。大船の夜の街は黄昏から始まる。駅を降りると、桜に囲まれた白い観音様がうっすらと赤らんで見えた。タロウは先に待っていて、涼子を見つけると細身の体を軽く曲げてお辞儀をした。涼子は軽く手を振って、観音様を指差した。タロウも見上げた。

「涼子さん、こんばんは。今日はわざわざありがとうございます。観音様はもう一杯お飲みのようですね」

タロウと涼子はゆっくりと柏尾川に架かる橋を渡って観音様の参道方面に向かった。程なく着いたビルの二階にそのバーはあった。看板には「Bar Take Yeah!」と小さく書かれている。重い鉄の扉をタロウが開けると「いらしゃいませ」という男性の丁寧な声がビル・エヴァンスのピアノの音ともに聞こえた。綺麗に仕切られた棚には多くの洋酒が並べられている。涼子は軽くお辞儀をした。MA―1のジャンパーを脱いで厚い一枚板のカウンターに座ると温かいおしぼりが手渡された。マスターは黒縁のセルの眼鏡をかけ、穏やかな顔つきをしている。

「綾人と言います」

涼子は自己紹介をすると、綾人に尋ねた。

「鯖江のセルですか?」

綾人は頷いた。

「なら、今日の私と同じですね」

タロウが微笑みながら間に入った。

「涼子さんはサックス奏者でもあるけれど、ジャズ探偵とも言われていて、ジャズに絡むミステリアスな事件を何度も解決しているんですよ」

綾人は驚きの表情を浮かべた。タロウは続けた。

Kozo

「快盗ブルーというジャズ・マニアの女盗賊がいて、彼女のライバルでもある。ブルーっていうのは事を起こす前にいつもツイートして予告するんです。まるで涼子さんへの挑戦状のように……」

涼子は手を振った。

「そんなんじゃないですよ……私、何かさっぱりしたカクテル下さい」

アナログ・レコードから流れるビル・エヴァンスの「エルザ[1]」が店の空気を柔らげる。三人はライヴのアイディアを交わしながらゆったりとくつろいでいる。綾人がチラッとスマホをみるとメッセージが入っているようで、一言告げてスマホのロックを解除した。メッセージを読んで、また次のアプリを開いているようだ。綾人がスマホの画面を涼子に見せた。

「なんだかすごい数がリツイートされていてバズってます」

涼子は画面を見つめた。

「Mr. Jに半世紀前、預けた宝物の鍵を見つけた方はカレン・ヨハンセン財団にご連絡を。その宝物はあなたのものです。Mr. Jは私のお気に入りで、いつも私に忠実な男だったが、今は行方知らず。カレン・ヨハンセン」

「宝物って?」

「大金ですかね」

タロウが答えた。

欲しい！　下さい！　といったツイートが次々とツイッターを賑やかせている。綾人がググりながら静かに言った。

「カレン・ヨハンセンというのはノルウェーの世界的なデザイナーにして実業家、そしてアーティストでもあるようですね。二カ月前に亡くなっています。抽象彫刻やインスタレーションを主に手掛けています」

「二カ月前に亡くなったということは財団発信のある種の遺言ツイートですかね」

タロウがそう言うと涼子はうつむいた。

「ライヴの話をしましょ……」

タロウは涼子の顔色にすぐに気がついた。

「涼子さん、ブルーが関係しているんでしょうか？」

涼子はため息をついた。

「ツイートの仕方は似ているけど、お金を盗むんじゃなくて、宝物をくれるって言うんだから、ブルーの予告じゃないわ」

「そうですよね……しかもツイート主ははっきりしているし……」

綾人がまたスマホを見つめた。

「カレン・ヨハンセンさんはジャズ好きのようですね。かなり、ジャズメンとの交流もあったようです」

黒いセル眼鏡の奥の涼子の目が光った。

「ミスターJ……Jのイニシャルだけじゃ、どうにも見当がつかないわ」

タロウは苦笑いした。

「涼子さん、やはり気になるんじゃないですか……」

「いや全然……ライヴの話、続けましょう」

綾人がまたスマホを手にとった。

「カレンさんはオスロに住んでいて莫大な財産を持っていたようです。これは彼女にとって、一つのゲームのようですね。相当な価値の宝物かも。涼子さん、探し当てて下さい」

「でも、人に託したお宝をもらいに行くのも気が引けますよね」

タロウが言った。涼子が考えている。

「ミスターJは長年仕えた執事かもしれないし、銀行員かもしれないわ」

「愛犬かも?」

綾人がそう言うと空気が少し和んだ。涼子はまずはライヴの話が優先とばかり、話を切り替えていった。ゆったりとした大船のバーの時間が過ぎ、涼子は帰途についた。もちろん、決まったライヴの構想は大事だが、なんとなくカレン・ヨハンセンのことが気になった。帰りの電車の中で涼子は想いを巡らせた。

(あんなことをツイートするくらいだから、全くヒントがなければゲームにならない。やはり、綾人さんの言う通りジャズに関係あるのかも……J、J……Jのつくジャズメン。エルビン・ジョーンズ、クインシー・ジョーンズ、J・J・ジョンソン、ミルト・ジャクソン……）

涼子はぼんやりと考えながら、電車のボックス・シート(2)で浅い眠りについた。

＊

その週、涼子はちょっとした録音の手伝いのために乃木坂(3)にあるスタジオを訪れた。メジャー・レコード会社が所有するスタジオで、涼子にはほとんど縁のない場所だが、珍しく八小節のソロを依頼され出向いた。乃木坂に行くのは初めてだった。六本木に隣接する街でミッドタウンや美術館などが立ち並び、お上りさんのようにキョロキョロしながら改札を上がる。乃木坂46のポスターの横に国立新美術館(4)のポスターが貼られている。涼子はそのポスターに目を止めた。そこには「北欧美術展」とあり、多くの作家の名前が並んでいた。その中にカレン・ヨハンセンの名前があったのだ。

（カレン・ヨハンセン……今日からの展示だわ）

涼子は仕事を終えると美術館に向かった。チケットを買い、中に入ると、ミュージアム・ショップやカフェが賑わっている。エスカレーターで二階に上がる。いよいよカレン・ヨハンセンの作品との対面だ。この展示のタイミングの良さに涼子は縁を感じた。展示室に入ると、北欧のアート状況の記述があり、大きいオブジェや絵画が作家別に並んでいる。涼子はフロア・マップを見て、カレン・ヨハンセンの展示室まで急いだ。追悼遺作展とある。カレン・ヨハンセンは立体の作品が多く、かなり大きいオブジェから小物に至る作品が陳列されている。インスタレーション・アートもあり、サイレント映画のようなモノクロ映像と風船のような組み合わせの作品もあった。インスタレーションのある空間を過ぎると今度は小さなオブジェなどがガラス箱に入れられて展示されている。金属を素材にしたものや木を素材にしたものが並ぶ中、涼子は一つの小さい人形に惹きつけられた。それは、木で出来ていて、ハットをかぶり、布のベストをつけているピノキオのような人形だった。涼子は作品名を見た。

（Mr. Joy![5] それってカーリン・クローグのアルバムの中の曲じゃない……この二人は親しかったのかしら）

涼子はつぶやくとその作品を三百六十度、上下からしっかりと観察した。木彫りに彩色している。腕は可動出来るようになっている。綾人やタロウとも早く話したくなった。涼子は大船に向かうことにした。

涼子はタロウに連絡して、「Bar Take Yeah!」で待ち合わせすることにした。綾人はいつものように穏やかな表情で迎え入れると、温かいおしぼりを出した。

「なにか分かったんですか？」

涼子は首を横に振った。ふと、ドアが開いてタロウがやって来た。「エレジイ」は今日は定休日だ。涼子はタロウが座るとカレン・ヨハンセンの展示の話を進めた。

「乃木坂に出かけたら、偶然カレン・ヨハンセンの展示をやっていたんです。ダイナミックな作品から小物まで展示されていて、一つ小さな木彫りの人形を見つけたんです。題名が〈Mr.Joy〉という……」

涼子はYouTubeを開いて〈Mr.Joy〉を検索した。エキセントリックなカーリン・クローグが笑ったアップのジャケットが表示された。彼女の活動初期に発売されたアルバムの『Joy』だった。前衛的でニュー・ロック的な曲想で鬼才アネット・ピーコック[6]の作曲による一曲目の〈Mr.Joy〉はキース・ジャレットのようなピアノとタンバリンによるイントロが印象的だ。カーリン・クローグがけだるくも小悪魔的な唱法で店の空気を変えて行く。涼子は歌詞を聞き取ってもらうようにタロウにも聞かせた。タロウは目を閉じた。

「Mr. Joyは人形。彼は望むことを何でもしてくれる。歌い、踊り、みんなを幸せにしてくれる。Mr.Joyは私のお気に入り。そんな感じですかね」

涼子は頷いた。

「この歌〈Mr.Joy〉、カレンさんの作品と題名が同じなの」

綾人が答えた。

「お気に入りで望むことは何でもしてくれて、イニシャルがJ」

「確かにJですが、人形じゃないですか」

タロウが言った。

「美術館で見た作品は木彫りの小さい人形でハットをかぶっていて、ベストをつけたピノキオみたいな作品でした。そして、その作品の名前は〈Mr. Joy〉……」

涼子はYouTubeの画面を見つめると、はっと目を見開き別の関連動画を開いた。一九六八年のテレビ映像とある。かなり若いカーリン・クローグの映像が飛び込んで来た。テナー・サックスに若いヤン・ガルバレク[7]、ベースはペデルセン[8]のようだ。その映像を楽しんでいると後半部分に涼子は目を奪われた。カレン・ヨハンセンがカーリン・クローグの友人としてゲストで登場しているシーンが数秒映っているのだ。典型的な北欧美人だった。涼子は画面を少し戻した。ノルウェーの言葉で紹介されているので、正しくは分からないが、カーリン・クローグの親友、有名なデザイナー、アーティストとして紹介されているようだ。そしてトークの後、カーリン・クローグはけだるく〈Mr.Joy〉を歌い始めた。

「あの人形に何かある。国立新美術館にみんなで行ってみませんか?」

*

一九六八年オスロ。

「今日は国営放送の生放送の日。大好きなカーリン・クローグの演奏のゲストだから楽しみだわ。帽子はどれにしようかしら。これじゃ、派手だわ」

カレン・ヨハンセンはドレスと帽子を手に取りながら言った。ノルウェーで美人ジャズ・ヴォーカリストとして活躍するカーリン・クローグの公開放送があり、服飾デザイナーとしてその名を轟かせ始めていたカレンが番組のゲストに迎えられた。カレンはアーティストとしても才能を発揮し始めた頃だった。カレンはカーリンとその収録に集まった観客のために一体ずつ、小さな木彫りの人形を作っていた。

「この子たちは私の分身。一つはカーリンに、もう一つは私がこの世界から消えるときにタイムカプセルのように甦ってくれるでしょう」

カレンは大胆ないたずらをこの人形の一つに施していた。公開収録はピアノ・トリオにテナー・サックスのヤン・ガルバレクというメンバーだ。スタンダード・ナンバーや前衛的な〈キャラバン〉などが次々と演奏される。途中、カレンのゲスト・コーナーが挟まれる。カレンは登場するとカーリンを抱きしめ、一体の人形を渡し、もう一体をピアノの上に置いた。トークが終わり、カレンはピアノの上に置いたもう一つの木彫りの人形を最前列にいた少女に手渡した。少女ははにかみながら「ありがとう」といった。カレンはつぶやいた。

「よい旅を Mr.Joy……」

再びカーリンの演奏になった。ピアノがフォーク・ロック風のイントロを弾く。そしてミステリアスなカーリンの歌声が響いた。

*

三人は乃木坂の国立新美術館を訪れた。乃木坂駅から直結している通路を通り、国立新美術館に向かい、北欧美術展に入ると〈Mr.Joy〉のある展示室に急いだ。涼子は手招きをして二人をその作品の前に立たせた。

「これが例の人形ですね」

タロウがそう言って展示しているガラス箱を一回りした。涼子は遠目に人形を見ている。

「あの人形の足の部分、何か継ぎ目があるように見えませんか」

涼子の問い掛けに二人はその部分を凝視した。人形の膝に当たる部分に切れ目があるのだ。

「あそこが怪しいわ。もしかして、取り外しが出来るのかもしれない。そうなっているか、誰かに聞けないかしら」

涼子は三人の中で一番社会人らしい綾人を指名して美術館のスタッフに声かけしてもらうようにお願いした。綾人はアート界の業界人のような振りをして、スタッフに声をかけると、ちょうどこの企画展のプロデューサーが来ているので、直接聞いて欲しいとの答えが返って来た。涼子は聞くべき点を二点に絞って、綾人に耳打ちした。

「綾人さん、二つ聞いて下さい。この作品の現在の所有者は誰か、とあの足の部分は取り外しが可能か、どうかです」

綾人はプロデューサーのいる場所に向かった。綾人は数分して戻って来た。

「涼子さん、タロウさん、あの人形の所有者はカーリン・クローグさんです！　あの足の部分はやはり切れ目が入って可動式になっているとのことです。後、この展示が終わったら一度、カーリン・クローグさんに返却するとのことでした」

涼子は黒いセルの眼鏡を上げて、その奥の瞳を光らせた。

「Mr. Jはきっとあの人形だわ。あの足の部分が取り外し可能だとすれば、そこに何か秘密がありそう……でもここで取り出す訳にもいかないし……」

涼子はスマホを取り出して、下北沢の喫茶店「天然の美」のマスターに電話をかけた。「天然の美」は涼子のバイト先でもある。

「坂田さん、お願いがあります。ノルウェーのヴォーカリストのカーリン・クローグに連絡取れる方知っていませんか？　エージェントでもいいんです」

坂田からは日本のエージェントで北欧専門の敏腕プロデューサーを知っているから、つないでやるよ、との返事を貰った。涼子はその場でそのプロデューサーにメールを打った。

「カーリン・クローグさんに伝えて下さい。カレン・ヨハンセンさんの作品、〈Mr.Joy〉が戻ったら、一度、足の部分の切れ目があるところを取り外してみて下さい。あの人形にまつわる秘密が隠されているかもしれません」という内容だった。後は、カーリンに伝わるか、どうかだ。帰り道、綾人は涼子に尋ねた。

「あの人形がもしMr. Jだとして、宝物とどうつながっているんでしょう?」

タロウも腕組みをした。

「どうつながっているかはまだ分かりません。ただ、カレンさんはあの人形に宝物の秘密を託したのだと思います。秘密はあの人形の中に隠されているはずです」

「じゃ、カーリンさんがあの人形を手にした時、中を調べてくれれば分かるということですね」

タロウは確認するように言った。

「ということはもし連絡がついたとしても、この企画展が終わり、無事あの人形がカーリンさんの手に戻ってからになりますね」

綾人がそういうと、涼子は答えた。

「返事が来ても、来なくてもこの一件はこれにておしまい。もう忘れてライヴの企画を練りましょう」

*

あれから二カ月後、梅雨に入ろうとする時期に北欧専門エージェントのプロデューサーから涼子宛にレターが届けられた。カーリン・クローグから返事が来たのだった。カーリンからの宛先は涼子当てになっていた。涼子は驚いた。

「親愛なるリョウコへ。今回はミス・カレンの宝物の秘密を教えてくれてありがとう。言われる通り、足の結合部分を回したら二つになりました。でも、何も無かったわ、日本から戻って来た人形には。でも、もう一つの人形は違った。もう一つというのは、実は全く同じ人形をつい最近、不思議なことに偶然フリー・マーケットで手に入れたんです。オスロの郊外のフリー・マーケットで。おもちゃみたいな値段で。私には半世紀前にカレンがテレビの公開放送で少女に手渡した人形だとすぐ分かったわ。あの少女の元を離れて旅をしていたのね。カレンのツイートのことは全く知らなかった。あなたに言われて、私の大切にしていた〈Mr.Joy〉ではなく、旅をしていた方の〈Mr.Joy〉の足の部分を外したら木製の鍵が埋めこめられていたの。きっとこれが宝物の鍵でしょう。でも、発見者はリョウコ。宝物の権利はリョウコにあるわ。私はおばあちゃんだからもういらない。何が宝物か、わからないままだけど。財団に申し出る？　多分、カレンが大切していたものがタイムカプセルの様に眠っているのだと思うわ。きっと宝物のありかは財団に伝えてあるのでしょうね。こうして貴女と私、二人、遠い世界でつながったことが奇跡だと思いましょう。愛を込めて　カーリン」

＊

涼子は後日、大船を訪れた。そしてタロウと綾人にそのレターを見せた。

「私たちはカーリンさんのYouTubeで見落としていた場面がありました。カレンさんの場面はYouTubeでは大幅にカットされていましたが、初めの挨拶の部分とトークの終わりは短いですが流れています。見てください、ここです」

綾人とタロウは驚き、声を上げた。カレン・ヨハンセンが小さな木彫りの人形を観客席にいた少女に手渡している場面が映っていたのだ。涼子が深呼吸をした。

「この時手渡した〈Mr.Joy〉は宝物の鍵を体に隠したまま、少女の手を離れ、きっと北欧の街のフリー・マーケットやいろいろな家庭を巡っていたのね、きっと」

「涼子さん、宝物はどうするんですか……」

綾人がそう言うと涼子は首を横に振って「お金持ちは私のキャラじゃないわ。あの後、すぐに辞退のメールをエージェントさんに入れたわ。カーリンさんも辞退されたと思う」と、はにかみながら言った。すると、涼子のスマホにメールの着信音が響いた。カーリンの日本のエージェントからだった。

「涼子さんからの連絡の後、カーリン氏からの辞退の連絡とすれ違うようにカレン氏の財団から連絡があり、鍵を持参した女性がその数日前に現れたのだという。財団の者が確認して遺言の宝物を全て渡してしまったらしい。宝物はカレン氏が初期にデザインした高額な貴金属類。カーリン氏からの連絡があったのはその後でした」

涼子はそのメールを二人に読んで聞かせた。そして、ため息をついた。

「きっとブルーね。カーリンさんがフリー・マーケットで手に入れる前にブルーの捜索網で旅に出た方の人形をすでに入手していた。そして、宝物を手に入れてから、わざわざ鍵を入れかえて、またフリー・マーケットに出した。しかもカーリンさんの目につくように……」

綾人が訊ねた。

「どうしてブルーは人形を返したんでしょうね」

涼子は答えた。

「遺言ツイートを発見してからブルーは探し当ててたのでしょうけど、ブルーもあの YouTube をきっと見て、カーリンさんとカレンさんに情が移ったのかも。カーリンさんが発見しやすいフリー・マーケットに人形を置いてきたのよ、きっと。遺言ツイートを拡散したのもブルーかも……」

綾人が答えた。

「ジャズの事件を検証するブルーの思考回路は涼子さんと同じなんですね」

涼子は微笑みながら呟いた。

「至急魂を解放せよ！」

Jazz Detective, Ryoko Naruse's mysterious Jazz Megané diary-Who is Mr. J?

[エチカ10] 北欧の歌姫カーリン・クローグ

自分の初期のジャズ・ヴォーカル体験というのはとても変則的だった。当然、初心者はインストゥルメンタル中心のレコード・コレクションから始まるので、ヴォーカルもクリフォード・ブラウンと共演の名盤、サラ・ヴォーン、ヘレン・メリルは持っていた。でも、他のヴォーカルはなぜかアメリカ人でないものばかりだった。まずは日本で人気上昇中だった笠井紀美子とCBS・ソニーが推していたオランダのアン・バートン。そして、当時、一九七〇年の万博にヨーロピアン・ジャズ・オールスターズの一員として来日し、ジョン・サーマンやアルバート・マンゲルスドルフらと共演して知名度を上げたノルウェーのカーリン・クローグ。特にカーリン・クローグという人についてはあまり情報がなく、キュートでエキセントリックな表情のジャケットがとても魅力的だったので、来日効果もあって買ってしまったのが『ジョイ』。かなりマニアックな選択をしたのだが、針を落とした途端に「これはいい!」とほくそ笑んだ。以来、今でも良く聴く愛聴盤だ。サイケなピアノが8ビートに乗り、イントロを奏でるとセクシーでキュートでエキセントリックな唱法のカーリンが現れる。〈ミスター・ジョイ〉はアネット・ピーコックの曲でピアノのテリエ・ビヨルクルン、ベースのアリルド・アンデルセンのサウンドもサイケな時代を感じさせた。歌詞もネイティヴでない分、分かりやすく、その不思議な内容がすっと入ってくる。B面の〈処女航海〉ではエコー・

マシンを駆使し、ハービー・ハンコックの有名なメロディをスキャットでシャウトすると、続いてヤン・ガルバレクの魂を搾り出す様なテナー・サックス・ソロが咆哮する。オスロについては冷たい空気感が漂う街というイメージ以外、あまり想像も出来なかった少年の私は、過激な北欧ジャズにノックアウトされたのだ。

一九七〇年、七二年に録音されたレアな『ディファレント・デイズ、ディファレント・ウェイズ』でも〈アリア・ウィズ・フォンタノ・ミックス〉という曲でエコー・マシンを駆使している。カーリン・クローグは以来、フリーとサイケを引っ張る女神になるかと思いきや、一九七〇年に録音された『ブルース・アンド・バラッズ』でテナー・サックスのデクスター・ゴードン、ピアノのケニー・ドリューと共演してオーソドックスなジャズ・ヴォーカル・アルバムを作り、スイングジャーナル誌の「ジャズディスク大賞」ボーカル賞を受賞してしまう。歌い方は相変わらず粘っこくはあるが、なんだか女神から遠ざかって、普通のジャズ・ヴォーカリストになってしまったようで、一気に恋心が覚めてしまったような想い出がどこか甘酸っぱく今でも残る。

註

(1) ビル・エヴァンスのエルザ

一九六一年二月二日に録音されたアルバム『エクスプロレーション』に収録されたエレガントなワルツ曲。早逝した盟友のベーシスト、スコット・ラファロと静寂なビートを刻むポール・モティアンの歴史的なトリオ演奏。それまでベースとドラムスはピアノの伴奏だったものがインタープレイと言われる三者のスリリングな関係に変わっていった。ビル・エヴァンス、そしてピアノ・トリオの最高峰といえる演奏の一つ。

（2）電車のボックス・シート
東海道線、横須賀線、湘南新宿ラインの各線には四人掛けのボックス・シートが昭和の昔からある。通勤・通学時には窮屈な思いをするが客が減ってくると足を伸ばして昭和の旅行気分が味わえる。

（3）乃木坂
乃木坂駅は東京都港区南青山一丁目にある東京メトロ千代田線の駅。隣は赤坂と表参道。ソニーミュージックが二〇〇一年にオープンしたソニーミュージック・スタジオ東京が駅に近隣している。現在のビルはジャニーズ事務所が所有。アイドル・グループ、乃木坂46はこの地に因んで命名され、最寄りの乃木神社はファンたちの聖地。

（4）国立新美術館
国立新美術館は東京・六本木ミッドタウン近くにある美術館。二〇〇七年一月に開館され、日本で五館目の国立美術館。設計は黒川紀章。

（5）カーリン・クローグの〈Mr. Joy〉
カーリン・クローグは一九三七年、ノルウェーのオスロ生まれ。一九六四年にフランスのアンティーブ・ジャズ祭に出演して世界デビューしたヴォーカリスト。この曲はアルバム『JOY』(sonet／一九六八年録音)に収録。北欧の歌姫、カーリン・クローグのこのアルバムは斬新な作品だった。アーネット・ピーコック作曲の〈ミスター・ジョイ〉、ヤン・ガルバレクの〈カーリンズ・モード〉、ハービー・ハンコックの〈処女航海〉、セロニアス・モンクの〈ラウンド・ミッドナイト〉等を過激に演奏している。メンバーはヤン・ガルバレク(ts)テリエ・ビヨルクルン(p)アリルド・アンデルセン(b)ヤン・クリステンセン(ds)など、強烈な個性の持ち主たちで、当時のアメリカのジャズメンとは違う色彩を放っていた。一九七〇年にはヨーロピアン・ジャズ・オールスターズの一員として初来日。スタンダード・ヴォーカルも当然ながらうまい。

（6）アネット・ピーコック
一九四一年ニューヨーク生まれ。鬼才とはこの人のようなことをいうのだろう。作曲、サウンド作り、歌、そして恋愛。全てに自由奔放。元はベーシストのゲイリー・ピーコック夫人であったが、仲間のカーラ・ブレイの夫だったポール・ブレイと再婚し、アネット・ピーコックの名のまま活動する。ポール・ブレイとは早くからシンセサイザーを駆使して実験的作品を発表し、一九七二年初リーダー作『アイム・ザ・ワン』を発表。この小説のキーワードである〈Mr. Joy〉の作者である。

（7）ヤン・ガルバレク

一九四七年オスロ近郊のミューセンにて生まれる。十四歳の時に偶然ラジオで聴いたジョン・コルトレーンの〈カウントダウン〉に衝撃を受け、サックス奏者を目指す。一九六〇年代末期より活動。一九七〇年代後半、キース・ジャレットらとヨーロピアン・クァルテットの活動を行う。ＥＣＭレコード設立初期より録音に参加、現在もレーベルの代表的なミュージシャンである。

（8）　ペデルセン

ニールス＝ヘニング・エルステッド・ペデルセン。一九四六年デンマーク生まれ。二〇〇五年四月十九日、コペンハーゲンで死去。十六歳で巨匠バド・パウエルに起用されデビュー。超絶的なテクニックは一九七〇年代、世界を席巻した。

第十一章　明日の記憶　(memories of tomorrow)

酷暑の夏が過ぎ、湖畔にあげられたボートも寂しげな風景の一部となった頃、成瀬涼子は山中湖の別荘地を訪れた。新宿にあるジャズ喫茶「Diggin'」のオーナー、中野保雄の招聘で彼の別荘近くのレストランで演奏するためだ。雲に覆われた湖水はグレイで夏とは違う神秘的な表情を見せる。涼子は以前に訪れたスイスのレマン湖を思い出した。タクシーは湖畔を暫く走ると小高い丘を登り、別荘地のゲートに到着した。中野はゲート横の管理室のベランダから顔を出した。

「涼子さん、ようこそ」

涼子は窓を開けて声のする方を見上げ、手を振った。中野はゆっくりと階段を降りてきた。涼子も車を降り、トランクから荷物とサックスを取り出すと中野に会釈をした。

「お世話になります。涼しいですね」

中野は笑顔で応えると涼子の荷物を一つ持って歩き始めた。

「すぐだから」

二人が別荘に着くと奥さんと愛犬が迎えてくれる。鳥のさえずりを縫って犬の声が森に響いた。

「ペロ、涼子ちゃんが来てくれたわよ」

奥さんがそう言うと一段と嬉しそうにペロは吠えた。涼子は写真ギャラリーにもなっている別棟に通された。カメラマンとしても有名な中野の作品は世界的にも評価が高い。映画『ターミナル』[1]でも有名なセロニアス・モンクの汗をかいた写真やオーネット・コールマンのポートレート写真が目を引く。

「このお手紙は誰からのものですか?」

涼子は写真と並べてかけてある額装された英文の手紙を指差した。中野は笑いながら、

「ビル・クリントン[2]さんからいただきました。大統領時代、私のジャズメンの写真集をお贈りする機会があって、御礼のお手紙を頂いたんです」

大統領直筆の手紙と聞いて涼子は細いメタル・フレーム眼鏡の奥の目を丸くした。中野は近くの棚の引き出しから何やら取り出した。

「涼子さん、この前、物置きの整理をしていたら、こんなカセット・テープが出て来たんです。インデックスに書いてある文字が小さいし、かすれているんだけど、なんて書いてあるか読める?」

中野は老眼鏡を鼻眼鏡にした。涼子はカセット・テープを手にするとケースに書かれた文字を見た。鉛筆で書かれていたようで大分筆跡は薄い。

Kozo

「これ、英語で、part2-1 part2-2 part2-3 1975 ですね。なぐり書きされてますけど……」

中野は涼子からテープを受けとると頷いた。

「いつのテープだろう？　一九七五年って何かあったかな。覚えてないなぁ」

「誰か来日アーティストの録音かもしれませんね。この時代だから、マイルスとか……」

「そんな貴重なものかなぁ。とりあえず、ここにはカセット・デッキがないので涼子さんに預けるから聞いておいてくれませんか？」

涼子はちょっとした期待感を覚えた。いずれにせよ、貴重な音源が入っているのに違いない。涼子は暫く間を置いて「はい」と答えた。

*

東京に戻った涼子は家に着くや否やカセット・テープをデッキに入れた。デッキが作動していることにホッとしていると、突き刺すような鋭いトランペットの音色が響いた。間違いなく、大野正夫だとすぐに分かった。幾何学的なテーマが奏でられるとそのまま大野のソロに突入する。激しい高音の叫びとそれを受けるディストーションのかかったギターが圧倒的な迫力だ。大野の長いソロが高音のトリルで終わると、アルト・サックスに引き継がれた。その音色とフレージングは、さながらオーネット・コールマン。まさに涼子好みの音色だ。涼子はそのソロに集中した。

(誰だろう? 日本人にしては凄すぎる。レコーディング・アーティストだったとしても不思議ではないクオリティだわ)

長い一曲が終わると一呼吸だけおいて攻撃的な八分の六拍子の曲に突入した。ピアノレスの編成なのでギターが自由自在なコードをかき鳴らす。トランペットとアルト・サックスが格闘技のようにつつきあっている。ドラムスもパルスのようなシンバル・ワークを続ける中、ベースだけがビートをキープしている。七〇年代のジャズを代表するアグレッシブなスタイルだ。涼子はその演奏に鳥肌が立った。自分もインプロを主に演奏しているが、このアルト奏者の様に自分を追い詰めるほどの演奏はしていないとすぐに悟った。この鬼気迫るインプロヴィゼーションの源は何だろう? 自分とは違う日常を生きている人に違いないと思った。そして、そこで大野のMCが入った。「なごり雪の中をお越しいただき、ありがとうございます」とはっきりしない声で言っている。そして、何か聞き取れないMCが続き、アルトがソロを奏で始めた。曲の形が見えそうになったその時テープが終わった。涼子は改めてカセット・テープのインデックスを見た。そこには"part2-1 part2-2 part2-3 1975"とある。多分、二部の一曲目から三曲なのだろうが、三曲目の頭でテープが終わってしまったということだ。

涼子は一九七五年の雪の日を調べてみた。一月に二回。二月に二回、三月に三回降っているようだ。なごり雪というからには三月のどこかだろう。今、分かることはそれだけ。涼子は中野に電話をかけてみた。

「中野さん、テープ聞きました。凄まじい演奏でした。大野正夫さんのピアノレスのギター・カルテットにアルト・サックスが参加していて、オーネット・コールマンのような音色で長いソロを繰り広げているんです。インデックスにあるように多分二部のステージで三曲演奏されたようですが、テープの長さが足りなかったのか、三曲目はバラードらしきアカペラのアルト・ソロがイントロだけしか入っていません。MCを聞くとなごり雪の日だったようで三月の三日間のどれかです」

中野は電話の向こうで何度も頷いている。

「涼子さん、それ大野くんの『ピットイン』(3)のライヴに見知らぬ白人が飛び入りさせて欲しいと言って来て、大野くんがセカンド・ステージに招き入れたんだ。確かにオーネットのような凄い演奏だったのを覚えている。そして、礼だけ言ってすぐに消えてしまったんで、名前すら知らない。そう言われてみれば、寒い雪の日だった。大野くんに聞けば、もっと詳しいことを覚えているかも……」

「そうですか。何処の誰か分からないのですね。でも、興味深いですね。相当の技量の持ち主ですから……近いうちに大野さんのライヴに伺って何か覚えていないか、聞いてみます。中野さん、マネージャーさんご存知ですよね。お手数ですが一本お電話入れていただけますか?」

中野は快諾した。涼子は大野のライヴ・スケジュールを調べた。

*

涼子は新宿の「ピットイン」に向かった。一九六四年から続くジャズ・ライヴ・ハウスの老舗だ。あのテープの演奏があったのもこの店。それから四十年以上も経った今日、再び大野正夫が演奏するのもこの店だ。

大野のグループは今はDJもいれ、ヒップホップ感覚を取り入れている。七十歳を超えた大野のプレイは今も輝きを失わない。流石に昭和の時代の寵児としてスターであり続けたジャズマンだ。ステージが終わると涼子はマネージャーに挨拶をして楽屋を訪れた。大野は挨拶する涼子に「なんか飲む?」とテーブルの上のドリンクを指差した。

「話はなんとなく聞いた。昔の話は覚えてないんだよね……」

「一九七五年の三月の雪の日、大野さんがこの『ピットイン』にご出演した日に一人の白人男性がアルトを持って現れ、飛び入りさせて欲しいと頼みました。その演奏はオーネット・コールマンのように凄まじく、鬼気迫っていました。大野さん、その方の素性をご存知ないですか?」

「その男の事は覚えている。凄まじいサックスを吹いた。しかし、名前は覚えていない。名乗ったのかどうかも怪しいくらい、奴は焦ってジョインさせて欲しいと頼み込んできた。眼光鋭く、当時傲慢だった俺が引き受けてしまったくらいの迫力だった。セカンド・ステージだけだったが、強烈なソロを取ったな。もし日本に住んでるっていうんなら、グループに引き込もうと思ったくらいだった。でも、演奏が終わるとすぐに消えてしまった。確か、日本人の女性がそばについていた。見覚えのある女だった。詩人か何かだったんじゃないか……そのくらいだな、今、思い出せるのは……」

涼子は天井を見上げて呟く大野を見つめた。

「最後に何かバラードをやったか覚えていませんか?」

大野は目を閉じた。

「ああ、何かピースフルなフォーク・ソングのような曲を吹き始めた。何だこいつ、人のステージでかってにソロ吹き始めて、と思ったんだがあまりに美しくて聞き惚れていたらワン・コーラスで止めたよ。そして消えて行った」

「それはイントロだけしか録音には残っていませんでした」

大野は目を開いて再び天井を見上げた。

「あの目は血の匂いがしたな。戦場の……」

＊

涼子が大野を訪ねてから時は経ち、季節は冬になった。北鎌倉に出かけた日、駅近くにあるお気に入りのレトロな喫茶店に立ち寄った。フランスの国旗をモチーフにした看板を掲げた昔ながらの喫茶店だ。涼子はここでピラフとコーヒーを注文するのが好きだ。喫茶店の軽食には昔懐かしいチープな洋食の味がある。涼子はカウンターに置かれた雑誌類を見渡すと長年同じ装丁の分厚い月刊誌を取り上げた。先に出されたコーヒーをすすりながら目次から面白そうな記事をめくった。〈戦いに挑んだ昭和の女たち〉というタイトルで昭和に社会状況や組織と戦い続けた女性の生き様やその後を特集している。ページをめくっていくとちょっと気になる記事に遭遇した。

〈ベトナム戦争に反対し続けた女性リーダー、茂野智子〉

反ベトナム戦争のリーダーとしてベトナム平和連盟を主宰し、政府に働きかけをした女闘士。その熱い意志と詩人として当時の先鋭的なジャズとも関わり続けた感性は一九六〇年代から七〇年代に学生を中心に支持を得た。現在は動物愛護のNPOの代表として活動している。

（先鋭的なジャズ、か。フリー・ジャズかな）

涼子はコーヒーをまたすするとハッとした。

（詩人？　この女性、もしかしたらあのテープのアルト奏者と一緒にいた人？）

大野さんが見覚えのある顔と言っていた。

（もし、この女性が彼と一緒に「ピットイン」にいたとしたら、ひょっとすると……）

涼子は茂野智子が代表を務めるNPOの事務所を訪ねてみることにした。事務所は渋谷の外れにあった。茂野は笑顔で涼子を迎えてくれた。彼女は歳をとっているが、細身のスタイルと端正な顔立ちから若い日の美貌ぶりが容易に想像できた。

「お忙しい中、お時間いただきありがとうございます。お伺いしたことは一つだけです。一九七五年の雪の日、大野正夫さんのライヴのあった新宿の『ピットイン』にいらっしゃいましたか？」

茂野は驚いた表情を見せた。

「おりました。何故、そんな昔のことを若い貴女が……」

涼子はテープの話のこれまでの経緯を話した。

「そうね、あの人、アーノルド・カスターのことは思い出したくないのだけど……」

茂野は封印していた記憶をゆっくりと話し始めた。

＊

一九七五年三月。

なごり雪で少しやって来た春もまた遠のいた三月上旬。茂野智子はアルト・サックスを知り合いから借り、アーノルド・カスターと新宿のジャズ喫茶「Diggin'」で待ち合わせた。アーノルドは長身で白いセーターを着ていたのですぐに分かった。茂野は彼の席に近づき、挨拶をして向かいの席に座った。アーノルドは米軍の兵士としてベトナムの戦場で戦い、その後、ベトナム戦争からの撤退が決定した一九七三年以降、アメリカ軍がベトナムから消えて行くにも関わらず、戦後処理の仕事のため、サイゴンに留まった。そして、韓国の米軍基地に戻り、一週間の休暇を貰い、日本にやって来たのだ。

「ご希望のアルト・サックスはここにあります。あとは大野さんのライヴに飛び入りさせて貰えるといいですね」

アーノルドは細いメタルの縁の丸眼鏡の奥の瞳を輝かせた。

「大野さんが受け入れてくれたらいいのですが。私にとってこれが最後のジャズ演奏になるかもしれません」

アーノルドは流暢な日本語で言った。

「大野さんのライヴが終わったら、すぐに出国出来るように手配はしてあります。横浜に移動して彼に会って下さい。夜中に船に乗り移る手配になっています。こちらはパスポート。残念ですが、こちらのサックスはお持ちになれません」

「トモコさん、ありがとう。私はもう軍にもアメリカにも帰ることはないでしょう。見知らぬ国で残りの人生を穏やかに過ごします。もう、ベトナムの事は私の記憶からは消えていきます……」

智子はこくりと頷いた。アーノルドは上着の内ポケットから封筒をとりだした。

「これはキースからの手紙です」

「キースって?」

「ピアニストのキース・ジャレット[4]です。ボストンで短い間だったが学生時代のクラス・メイトで、一緒に演奏をしたこともあります。彼は一月にケルンでコンサート[5]を開き大成功だったようです。私はその前の手紙のやりとりで僕が好きだったあの懐かしい曲はもうやらないのか、と尋ねたのですが、もうやることはないだろう、と彼は返事をよこしました。ところが、この手紙では『ケルン・コンサート』のステージで、ふとあの曲を思い出して弾いた、と書いてきたんです。皮肉なものです」

「何という曲なのですか？」

「〈メモリーズ・オブ・トゥモロー〉[6]。優しいメロディーが忘れられない曲です。ベトナムにいた時、何度も頭に流れた。ジャングルを泥だらけになってベトコンから逃げ回りました。恐怖で気が変になりそうになり、死のうと思った時もあのメロディーに救われました。今回のキースのコンサートは全て即興演奏によるものだったようですが、セカンド・ステージのアンコールで演奏したようです。聞いてみたかった……」

智子はアーノルドから渡された手紙に目を通した。

「〈メモリーズ・オブ・トゥモロー〉。不思議なタイトル……明日の記憶ですね。明日のことは誰も知らない」

「何を思ってつけたタイトルかは聞いたことはなかった。ただ、今の自分のためにあるようなタイトルです。明日の記憶はもう全てなくなる。横浜を出港したら、私の過去の記憶と明日の記憶もなくなります。それでいいのです。貴女たちの協力には感謝しています。さぁ、大野さんの所に出かけましょう」

智子は席を立ち、彼に先立って店の細い階段を下った。外は三月というのに冷気が漂い、闇に包まれた新宿になごり雪が光っている。二人は近くの「ピットイン」に向かった。

店に入ると智子はオーナーに挨拶をして、大野の楽屋に通して貰った。大野にアーノルドを紹介すると、飛び入りで演奏させて貰いたい旨をお願いした。機嫌が良かったのか、大野の反応は好意的でセカンド・ステージからジョインしてもいいよ、と快諾を得た。

休憩をはさんで、セカンド・ステージを迎えた。大野はアーノルドを呼び寄せると名前も紹介せずに速い4ビートのフレーズを突然吹き始める。アーノルドはワン・コーラス、そのテーマを聴くとすぐに合わせてアルトを吹き始めた。その様子を見て大野はテンションを上げた。そしてソロをアーノルドに引き継いだ。オーネット・コールマンの様に不思議なフレーズではあるが、鋭いリズムを息継ぎなく吹き続ける。フラジオ音から最低音まで跳躍する音程を自由自在に泳いで行く。大野はステージの脇で呆気にとられていた。サングラスをかけているのに、その顔に驚きの表情が浮かんでいるのがはっきりと分かる。アーノルドはこれでもかというくらい執拗にソロを取り続けた。その一瞬の隙を縫って大野のトランペットがハイノートで切り込んでくる。二人の音と爆音のリズム・セクションがカオスとなり、ステージを音の渦にした。そして、その曲が終焉を迎えると一呼吸のみおいて、次の八分の六拍子の曲になだれ込んだ。また呪術のようなソロをアーノルドは展開する。すっかり大野のグループのサウンドに溶け込んだプレイはトップ・ミュージシャンの域だった。そして、場内の拍手に包まれるとアーノルドは大野に耳打ちした。大野は頷くとアーノルドは静かなイントロをソロで吹き始めた。そして、穏やかなメージャーのメロディーをワン・コーラス、フェイクもせずに吹いた。平穏なメロディーは神への祈りのようだった。曲が終わると大野は観客にアーノルドへの拍手を促した。アーノルドは両手を合わせ、大野と観客に深くお辞儀をしてステージを降りていった。大野は続けてバラードを演奏した。深く静謐な時間が流れ、再び大きな拍手にステージは包まれた。大野はもう一度、アーノルドをステージに呼ぼうと客席を探したが、彼の姿は見えない。あの女性とともに消えてしまったのだ。

＊

茂野智子は涼子にその時の様子を語り終えた。

「あの人は大野さんのライヴに飛び入りさせて貰い、完全燃焼して自分を消したの。私は彼を横浜に連れていき、ある人に引き合わせた。彼がそれからどこへ行き、暮らし、生きているか、死んでいるのかは知らない。知っているのはあの日の演奏だけ。ボストンで学生時代にキース・ジャレットと演奏していたこともあるというから実力のある人だったのだと思うけど、そのまま軍に入隊したらしいわ」

「キースの『ケルン・コンサート』の曲って、あのレコードに収録されているPart2のC、あのレコードには書かれていませんが、いわゆる〈メモリーズ・オブ・トゥモロー〉のことでしょうか?」

「どうやらそのようね。アーノルドはあの曲のことを気にしていたわ。明日の記憶を無くしていく自分にとって葬送曲のように感じていたのかもしれない」

「キースはアンコールで弾いたんですね。それはアーノルドさんとの手紙のやり取りの中で思いついたのでしょうか。それとも偶然?」

「キース・ジャレットの心の中は分からないわ。ただ、それから時間が経ってアーノルドの最後の演奏もあの曲だったのかもしれない。私には最後に彼が吹いた穏やかなメロディーがキースの曲だったかどうかは判断のしようがないの」

「残されたテープも最後の曲はイントロで切れてしまっていました」

「でも、きっとそうかもしれない……」

「中野さんのカセット・テープのインデックスにはpart2-3とありました。偶然でしょうけど何か因縁めいたものがあったんだと思います」

「ベトナム戦争がなければ今頃はジャズ界のレジェンドになっていた人かもしれない。あの晩、アーノルドは過去の記憶も明日の記憶も無くしたの。今、幸せに生きていてくれることを祈るわ」

茂野智子はそう言って煙草に火を付けた。

「今日の話は貴女と私だけの秘密。アーノルドもそうして欲しいはずよ」

涼子は静かに頷いた。

＊

後日、「Diggin'」を訪れた涼子は中野に結局、何も分からなかったと伝えた。

「マスター、すみません、あのテープのことは分かりませんでした。大野さんも覚えていなくて……」

中野は微笑んだ。

「仕方ないね、昔の話だから」

「マスター、リクエストいいですか?」

「何?」

「キースの『ケルン・コンサート』の最後の曲、お願いします」

「おや、珍しいね、キースとは」

涼子は頭を軽く下げた。店内にキースの穏やかなピアノが響いた。中野が首を捻った。

「変だな、この曲、このレコード以外にずっと昔にどこかで聞いたことがあるような気がするんだけど……」

涼子は微笑みを浮かべた。そして、小さく呟いた。

「至急魂を解放せよ……」

Jazz Detective, Ryoko Naruse's mysterious Jazz Megané diary-memories of tomorrow

［エチカ11］　謎めいた男アラン・プラスキン

この小説に登場するアーノルド・カスターのモデルは日本最大のジャズ・インディーズ・レーベル、スリー・ブラインド・マイスにアルバム『エンカウンター』（TBM-7）を残したアルト・サックス奏者のアラン・プラスキンだ。TBM-7という品番はレーベルにとって、かなり初期の作品だ。当時、高校生だった私はまだジャズ・ジャイアンツのレコードをお小遣いで買うのが精一杯だったものの、「スイングジャーナル」のレコード・レビューで見た、この名前の響きとジャケットの銀縁眼鏡とセーターの写真が気になって仕方がなかった。後にこのレコードを手に入れ、TBM独特の封入解説書を読むと予想通りミステリアスなアーティストだった。ベーシストの金井英人がロスで偶然知り合ったアルト奏者で、一九七一年に彼が韓国に兵役で赴任していて、二週間の休暇で東京に来るという情報を得た。金井は是非会って欲しいとTBMのプロデューサー、藤井武に相談を持ちかける。藤井は新宿の「ピットイン」にアランを連れて行き、日野皓正クインテットへの飛び入りを実現させる。借り物のアルトで飛び入りした曲は〈マイ・ファニー・ヴァレンタイン〉。その演奏があまりにもエキセントリックだったため、藤井は録音を決意した。次の休暇に録音を、と打診したがアランには次の休暇はなく、韓国に戻ったら、そのままアメリカに帰るという。藤井は初めて会ったその休暇の間に録音を決行。杉本喜代志(g)池田芳夫(b)日野元彦(ds)という日野皓正グループのリズム・セクションを借り、この無名の二十二歳の若者の録音に取り掛かった。予想通り、オーネット・コールマン張りの強烈なソロを展開する。一九七一年真っ只中のジャズを感じさせる音だ。それにしても、この無名な若者の強行軍の録音を決断した藤井の手腕には頭が下がる。設立してわずか7枚目の作品にこういうアルバムを持って来るのだ。メジャーではあり得ない企画だろう。

アラン・プラスキンは十七歳の時にＥＳＰディスクという先鋭的なレーベルにジム・ジトロ、アラン・シルヴァと共演し、録音したことがあるらしい。その後も活動はしているようだが、あまり知られてはいない。

アメリカ軍の兵役で韓国に駐留し、休暇で日本にわずか二週間のみ滞在してリーダー・アルバムを残して帰っていった謎の男。髪はボサボサで、銀縁の細眼鏡。着古したセーター。そして魂を呼び寄せるイタコのような不思議なフレーズ。全てがミステリアスだ。一九七一年、韓国に兵役、ベトナム戦争に関わっていたのかもしれない。もしかしたら過酷な思い出もあるかもしれない。その兵役期間中、休暇で二週間だけ滞在した東京。日野皓正グループの他、菊地雅章のグループにも客演したという。その音も聞いてみたかった。日野皓正グループへ客演した時の音源は確か「ＤＵＧ」の中平穂積さんがカセットに録音したと聞いたことがあるが、現存していないようだ。

小説ではそのミステリアスな存在をベトナム戦争と関連させ、キース・ジャレットも登場させたが、二人は年代が近いというだけで実際には関わりはなかっただろう。いずれにせよ、アラン・プラスキンに会ってみたい。Wikipediaを探すと二〇一〇年にアルトを吹いている写真が掲載されているが、丸い銀縁眼鏡をかけ、一九七一年の面影を残していた。

註

（1） 映画『ターミナル』
『ターミナル』はスティーヴン・スピルバーグ監督、トム・ハンクス主演。二〇〇四年公開。パスポートが無効になり空港ターミナルに閉じ込められてしまった男と、ターミナル内の従業員との交流と恋愛模様を描く。主人公の父親は一九五八年、新聞に掲載された「A Great Day in Harlem」と呼ばれる、ハーレムで一同に介した五十七人のジャズ・ミュージシャンの姿が撮影された写真に基づきサインを集めていたが、貰い損ねていた残り一人のサインを父親に代わり、求めてニューヨークに行く。その際、事件に巻き込まれる。最後のサインを貰うアーティストはベニー・ゴルソン。スクリーンにゴルソンのオリジナル〈キラー・ジョー〉が流れる。

（2） ビル・クリントン
アメリカ合衆国、第四十二代大統領（一九九三～二〇〇一年）。四十六歳の若さで就任。以前はアーカンソー州の知事も務めている。ジャズが大好きで自らテナー・サックスも演奏する。

（3） ピットイン
日本の老舗ジャズ・クラブ。新宿ピットインは一九六五年十二月二十四日、自動車アクセサリーを販売する喫茶店としてオープンし、その後、ライヴ・ハウスとして定着。渡辺貞夫や日野皓正、菊地雅章、山下洋輔らが出演した。現在も人気のライヴ・スポットで「昼の部」と「夜の部」がある。一九七七年八月にオープンした六本木のピットインは渡辺香津美を始めとするフュージョン系を中心としていて山下達郎や坂本龍一らも出演していた。二〇〇四年に六本木店は閉店。

（4） キース・ジャレット
キース・ジャレットは一九四五年生まれ。ピアニスト、作曲家。ピアノ以外にソプラノ・サックス、リコーダーなども演奏する。一九六六年にチャールス・ロイドのカルテットに参加、ロイドのアルバム『フォレスト・フラワー』が大ヒット。スター・プレイヤーの仲間入りをする。一九六七年にリーダー作『人生の二つの扉』をアトランティック・レコード傘下のVortexより発表。ロイドのカルテットには一九六八年頃まで在籍、その後一九七〇年、マイルス・デイヴィスのバンドに参加。チック・コリアと共に2キーボードでエレクトリック・マイルス・サウンドを支えた。その後、インパルス・レーベルでアメリカン・カルテットを経て、ECMレーベルでヨーロピアン・カルテット、ソロ・ピアノ、スタンダーズ・トリオなどで活躍するが二〇一八年に脳梗塞を発症し、現在は活動休止中。

（5）ケルン・コンサート

一九七五年、アルバイトでプロモーターをしていたヴェラ・バランデスという十七歳の学生によってキースのコンサートが企画された。一九七五年一月二十四日、会場はケルンのオペラハウス。キースのリクエストとは違う型のピアノが用意され、調律も酷かったという。キースは体調も悪く、その前の公演のスイスのチューリッヒから五六三キロの道のりを車で移動した。そして背中の痛みに悩まされて不眠状態で演奏開始は深夜二十三時半。完全即興でコンディションの悪さの中でのライブ録音にも関わらずキースのソロ・コンサートのシリーズ中では最も人気の高い作品となった。

（6）メモリーズ・オブ・トゥモロー

キース・ジャレットの名盤『ザ・ケルン・コンサート』の4面〈パートIIc〉はアンコール曲なのだが、楽曲として認められるメロディーがある。一九六六年にトリオで演奏したラジオ放送音源があるということで、一九六九年にトリオでストックホルムで演奏されたものと同じ曲といわれるが、その後、詳細不明の楽譜集に〈メモリーズ・オブ・トゥモロー〉の曲名で掲載されたらしい。

第十二章　至急魂を解放せよ！　(Libérez votre esprit immédiatement!)

平成も終わり、新しい元号[1]が始まった初夏、大船駅前を流れる柏尾川[2]から立ち上がるこの季節独特の噎せ返るような匂いに成瀬涼子は異界に連れて行かれるような気分になった。この異様な湿気を含んだ空気は不快ではあったが、どこか霊魂が浮遊しているようなミステリアスな時に出会う感じで嫌いではない。こんな空気感に馴染む音楽が好きなのも、それが理由かもしれない。涼子はそうしたブッカー・リトル[3]のトランペットの音色、アルバート・アイラーの叫び、ユーミンの高音域の声[4]の切なさ、自分の好きな多くの音楽が湿度を帯びていると勝手に解釈している。ウエットではなく、湿度が高いのだ。その湿度に音楽の魂と異界とを繋げる要因があると涼子は感じている。

涼子は大船に到着するとバー「エレジイ」に向かった。「エレジイ」は今日を最後に閉店するという。涼子にとっては短い期間だったが、とても居心地の良い店だった。演奏もしたし、事件にも巻き込まれたりしたけれど、マスターの人柄にいつも癒されていた。今夜は鎌倉から知佳も、三四郎も「Take Yeah!」のマスター綾人もやってくる。夜を徹してタロウの卒業を祝うのだ。涼子は肩にかけたサックスのケースを担ぎ直した。

まだ西の空が薄明るい中、「エレジイ」の提灯は赤く灯っている。ドアを開けると三四郎がすでにグラスを煽っている。タロウと三四郎は同時に涼子を見て微笑んだ。涼子はサックスを下ろした。

「タロウさん、残念だわ。突然なんだもの……」

タロウは軽くお辞儀をした。

「すみません、飽きっぽい性格なんで……意外と長続きしないんです」

三四郎が微笑みながら、芋焼酎を煽った。

「そういえば、涼子さんとはセシル・テイラーの一件以来かも。ご無沙汰しています」

セシル・テイラーの事件もこの店でたくさん推理した。今となっては懐かしい想い出だ。

涼子は何か青い色のカクテル(5)を、と注文した。

「そういえば、ブルーはどうしたんでしょうね？　最近、噂を聞きませんが」

タロウがシェーカーを振り終え言うと、ドアが開いた。知佳だった。

「ブルーのお出ましよ」

涼子が呟くと、知佳は傘を畳んでカウンターに寄って来た。

「ご無沙汰しています。降られちゃったわ……」

「あら、たくさん降っているの？」

KORO

「ううん、しとしと、ジメジメ」

四人は乾杯をした。これから、また常連がやって来るだろう。そして、しばらくお店での思い出話をしているとカウンターの端の黒電話(6)が鳴った。

「あの黒電話、生きてるんだ！」

知佳が声を上げた。タロウは受話器を上げた。

「あ、もちろんお越しください。朝までずっとやってますから」

タロウはゆっくりと受話器を置きながら微笑んだ。

「近所にお住まいの常連のKさんでした。携帯じゃなくていつもこの電話にかけてくるんです。でも、かかってくるのはKさんだけですけど」

ダイアル式の黒電話に興味を示した知佳が席を立って電話に近づいた。珍しそうにダイアルを回してみたりする。

その時だった。また、電話のベルがけたたましく鳴った。知佳は慌てて電話から手を離し、厨房にいるタロウに声をかけた。

「タロウさん、電話です！」

タロウは手を拭いて慌てて受話器を取った。受話器の向こうではしばらくの沈黙の後、何やら用件を話し始めたようだ。タロウは受話器をおくと三人にその電話の内容を伝えた。

「知らない男からだった。コガは来ているか？　コガが来たら伝えて欲しい。最後のメンバーの候補にお前もいる、覚悟はあるかと。魂は一つになるのだ。それから、あと四カ月後だ、とも伝えて欲しい、と。乱暴な内容で緊迫感に溢れた話し声でしたが、どこか気品のある語り口でした。私は返答も出来ないまま、電話を切られました。どこの誰かも分かりません」

「何かしら?」

知佳が涼子の方を見た。

「大体、あの電話に電話して来る人なんてKさん以外いないんだろう?」

三四郎が尋ねるとタロウは頷いた。

「四カ月後って? 今日は何日?」

「七月二十五日ね」

「四カ月後は十一月二十五日」

「あ、僕の誕生日だ」

「え、タロウさん、お幾つになるんですか?」

四人はそれぞれ矢継ぎ早に言葉を発した。すると、突然、ドアが空いた。白いスタンドカラーのYシャツに迷彩色のパンツの出で立ち、丸刈りの若い男がずぶ濡れになって立っていた。

「いらっしゃいませ」

タロウに声をかけられた男はハンカチで服を拭いながら、カウンターに近づいた。

「外はだいぶひどい雨ですか?」

その言葉に男は答えず、煙草を取り出した。見たことのないような銘柄だった。男はウイスキーを注文した。そして、ポケットからくしゃくしゃの紙を取り出し、広げて何やら書き始めた。タロウを初め、涼子たちは飛び込みの客かと思い、あまり関心を示さないように談笑を続けている。タロウは、ふと電話の事を思い出した。

「あの、すみません。もしかしたらコガさんではありませんか?」

男は手を動かすのを止め、タロウの顔を見つめた。そして、一度だけ頷いた。

「伝言を預かっています……」

タロウは続けた。

「今、電話がありました。コガは来ているか、と。いません、と返事しましたら、伝言をして欲しいとのことでした。伝言は、まず、最後のメンバーにコガさんも入っている、覚悟はあるか。魂は一つになるのだ。それから、あと四カ月後だ、ということです」

男は頷いた。そして、うっすらと涙を瞳の中に浮かべ、ウイスキーを一気に煽った。

「ありがとう」

男はそう言って、支払いを済まし、席を立って出て行った。一同、唖然としながら彼の動きを見ていた。知佳が最初に口を開いた。

「誰なの彼?」

「見かけない顔だな」

三四郎が答えた。カウンターに置かれた小銭をタロウが集めると、小銭と一緒に置いてある畳まれた紙切れに気づいた。そして、その紙切れを開いた。

「何？　魂と肉体の統合……」

タロウは首を傾げた。

「何かの暗号かしら？」

涼子が紙を見せてと手を伸ばした。

「とても綺麗な字だわ……あ、蛇のような絵が書いてある……」

タロウが覗き込んだ。

「確かに蛇ですね」

三四郎も知佳もその紙切れを回して欲しいという仕草をした。

「なんか哲学的ね」

知佳が言った。

「それにしてもあの電話、誰なんだろう。声は低くて落ち着いているし、多分、偉い人のような感じがしました。なにせ『来ているか』ですからね」

「コガという人も昔の男のようだった」

三四郎も呟いた。

「この新しい令和の十一月二十五日に何があるのかしら」

スマホのカレンダーをいじりながら、涼子が言った。カレンダーを動かしていると涼子は驚いた顔を見せた。

「このカレンダーって先も過去も永遠に表示されるのね」

皆に見せたカレンダーは二〇六六年になっている。

「でも、謎解きは涼子のお得意でしょ。キーワードはたくさんある。涼子のお得意の〈魂〉、それから〈蛇〉、〈十一月二十五日〉」

「そして、それは僕の誕生日」

涼子は笑いながら答えた。

「謎解きは別にいいんじゃない。今日はタロウさんの卒業式よ。飲みましょう」

扉が開いた。入って来たのは「Take Yeah!」のマスター綾人だった。

「やってますね。外は酷く蒸してますよ」

そういいながら、小さな花束をタロウに手渡した。

「マスター、ダンディね」

知佳が席を一つ空けた。

「あの男の人、いくつくらいでしょうかね？」

「二十代ですかね」

「それにしては、しっかりとした感じだった」

三四郎が続けると、綾人が尋ねた。

「何の話か分かりませんが、なんだか盛り上がっていますね」

綾人も話に参加出来るようにタロウは事の成り行きを簡単に説明した。綾人は不思議そうな顔で宙を見つめたが、気を取直したようにオーダーをした。するとまた、黒電話がなった。

「タロウさん、電話よ」

「まただわ……」

厨房に戻っていたタロウが小走りに電話に向かい、受話器を取った。

「はい……just a moment please」

タロウは受話器を片手で押さえると慌てて涼子に言った。

「涼子ちゃん、英語なんです。代わってもらえますか」

「タロウさん、英語出来るのに……」

涼子は受話器を受け取った。

「Hello,this is bar elegy……May I have your name?」

しばらく電話でやり取りをする涼子に皆の視線が集まっている。涼子は受話器を下ろした。

「今度は外国人の男性がマリアはいるかって」

「さすがにマリアはいないですね」

「これから現れるんじゃない?」

その言葉が一同の笑いを誘った。

「だから、ノーと答えたら、伝言して欲しいと。今回のフランス公演は私の望む方向で演奏することが出来た。お前のおかげだ。私の本当の魂の解放は四カ月後になるだろう。それで完成だ」

「また、四カ月後！」

「しかも魂の解放！」

一同、顔を見合わせた。三四郎が言った。

「きっとタロウさんの誕生日に何かがあるね」

涼子が続けた。

「タロウさんの誕生日は何年ですか？」

「一九七〇年、昭和四十五年ですね」

「万博の年ですね」

綾人が言った。

「だから、僕は万博を見ていないのです」

「ちょっと待って」と知佳がタロウが続けるのを遮った。

「昭和四十五年の十一月二十五日といえば、三島由紀夫の事件の日じゃないですか」

タロウは少し照れ臭そうに笑いながら、「たまに言われます……」と返した。

「知佳、詳しいわね。さすが三島フリーク」

涼子が軽く両手を叩いた。そして続けた。

「でも、あと四カ月後の十一月二十五日に何が起こるというのかしら。あの白いシャツの男性、何ていう名前でしたか?」

タロウは思い出すように答えた。

「確かコガさん……」

「知佳、三島事件に関連してコガっていう名前、記憶にない?」

知佳はそう言うとスマホで三島事件を検索し始めた。

「コガは二人、関連してるわね。漢字が違って、古いのコガと小さいのコガ。どちらも市ヶ谷の事件に関わってるわ。二人とも三島の首の切断をしているみたい」

たまらず、綾人が声をかけた。

「知佳ちゃん、怖いよ。そんなに気楽に言わないでください」

三四郎は冷静に言った。

「ということは、あの男はそのコガの遺族なのか?」

その言葉に一同は静まってしまった。その時、涼子が声を上げた。

「そうだ、私の受けた外人さんも四カ月後に魂の解放、と言っていた。じゃ、こちらは何?」

一同が涼子の顔を見つめた。

＊

一九七〇年七月。

七月五日、三島由紀夫ほか森田、小賀、小川、楯の会の四名は山の上ホテル[7]にいた。梅雨明け前の曇天の日曜日だった。ホテルの部屋では長い間練られて来た決起計画の決行日を十一月の楯の会例会日にすることに決めた。例会後に制服姿で市ヶ谷駐屯地に車で赴き、日本刀を持ち、総監を監禁する案もまとめたのだ。

そして、七月下旬、三島らこの四名は、再びホテルニューオータニのプールで、決起を共にする楯の会のメンバーをもう一人増やすことに合意した。

「この国は緑色の蛇の呪いにかかっている」

三島は声を高くして三人に語りかけた。

この後、森田はもう一人のメンバーとしての候補者、古賀の出入りするアジトでもある店に打診の電話をかけた。

「コガは来ているか？」

「コガが来たら伝えて欲しい。最後のメンバーの候補にお前もいる、覚悟はあるかと。魂はひとつになるのだ。それから、あと四カ月後だ、とも伝えて欲しい」

森田は三島に相談せずに古賀に打診をした。三島だけを死なす訳には行かない。魂があの世で一つになることを信じられる者でなければ、行動を共にする訳には行かないからだ。森田は三島から「お前は生きろ。恋人がいるそうじゃないか」と言われていたが、決起を前にそんなことは言っていられなかった。魂と肉体の統合こそが森田の全てだったのだ。

一九七〇年七月二十五日、サン・ポール・ド・ヴァンス(8)。

祈るような女性ヴォーカルと絡み合うテナー・サックスの音色は静かに叫ぶように空気の中に消えた。会場の拍手は鳴り止まなかった。アンコール曲〈ミュージック・イズ・ザ・ヒーリング・フォース・オブ・ザ・ユニバース〉の最後の音を吹き終え、テナー・サックスのマウスピースから唇を離すとアルバート・アイラーは満面の笑みを浮かべた。

南フランス、ニース近郊サン・ポール・ド・ヴァンスにあるマーグ財団美術館が主催の前衛音楽祭でのアイラーの演奏は彼自身にとっても、観客にとっても納得のいく演奏だった。ジョン・コルトレーンの葬儀で演奏した〈トゥルース・イズ・マーチング・イン〉(9)や〈スピリチュアル・リユニオン〉といったアイラーを代表する選曲に加え、ヴォーカルのメアリー・マリアとの〈ミュージック・イズ・ザ・ヒーリング・フ

ォース・オブ・ザ・ユニバース〉が大反響を得たことがアイラーに久しぶりの満足感を与えてくれたのだった。曲タイトルの如く、音楽の持つ宇宙の癒し力、そして魂の解放を表現出来たからだ。何よりマリアは恋人だった。音楽のパートナーとしても信頼していた。アイラーの人生における唯一の幸福の一瞬だったのかも知れない。

演奏を終えるとアイラーはステージの脇でマリアを抱擁し、キスをした。

「メアリー、愛している」

アイラーは興奮していた。楽器を片づけるとマリアに告げた。

「ちょっと頭を冷やしにその辺りを散歩してくる。先に部屋に戻っていてくれないか」

彼は帽子を被り直した。そして、あてもなく歩き始めた。風が彼の汗を乾かしてくれた。

サン・ポール・ド・ヴァンスの街は中世の城郭に囲まれている。その街の小高い丘を一人歩くアイラー。崖の縁に立っては下を覗き、そして何度も降りた。そんなことを繰り返しながら、一人歩き続けた。彼の心の中には満足感と虚無感が行き来している。風に誘われるままに歩き続けた時、ふと公衆電話を見つけた。彼はポケットを探り、小銭を取り出すと受話器を取った。

「メアリーにつないでくれ……いないのか……では、伝言して欲しい。今回の公演は私の望む方向で演奏することが出来た。お前のおかげだ。私の本当の魂の解放は四カ月後になるだろう。それで完成だ、と」

アイラーは受話器を置くと、帽子をかぶり直し、来た道を引き返して行った。

＊

「そういえば、あの後あったもう一本の電話、外国人からで私が代わったでしょ。あの電話の主も言ってたのよ、四カ月後が魂の解放だって。それで完成するとも……」

綾人が指を鳴らした。

「つまり、その外国人も十一月二十五日に何かあるっていうことですか？」

「そういうことになるな。タロウさん、何か覚えないですか？」

三四郎が言うとタロウは大きく手を横に振った。涼子は考えながら、スマホを手にした。

「十一月二十五日の出来事。マリア。魂の解放……なんだか聞き覚えがあるような。なんだったかな……」

「魂の解放と検索するとスピリチュアルという言葉と繋がっているのが多いわね」

知佳が携帯を見つめている。

「スピリチュアルね……」

涼子は目を閉じた。あの純粋そうな声の持ち主。涼子ははっと目を開けた。

「知佳、今そのスマホでアルバート・アイラー、マリアで検索してみて」

知佳はすぐにスマホを動かした。そして、画面を涼子に差し出した。そこにはアルバート・アイラーのwikiがあった。

『アルバート・アイラー(Albert Ayler 一九三六年七月十三日～一九七〇年十一月二十五日)……アイラーは空想的でヒッピー・タイプの歌詞を、同棲していたアイラーの彼女のメアリー・マリア・パークスにたびたび書いてもらっていた。担当楽器サクソフォーン』

「やはり十一月二十五日はアルバート・アイラーの命日だったわ。そして恋人はマリア」

「涼子、どういうことよ?」

「私にも分からない。分かるのはこの電話の主のことだけ」

一同は涼子の方にいっせいに身を乗り出した。

「そんなに囲まれても何も分からないわ。もうちょっと離れて下さい!」

涼子は唇を尖らせた。タロウが咳払いをすると、知佳が笑った。

「元はといえば、タロウさんの誕生日が十一月二十五日だからよ。さぁ、涼子探偵続けて下さい」

今度は涼子が咳払いをして話し始めた。

「まず最初の電話。どうやらあれは楯の会の幹部からの電話に違いないわ。十一月二十五日は自衛隊駐屯地で三島由紀夫が決起した日。七月に段取りは決めたようよ。検索したら、コガという男は二人いました。古賀と小賀。これは最後のメンバーになる人だから、古賀さんの方ね」

「ということはさっき入って来た男の人が古賀さん?」

「涼子ちゃん、それは無いでしょう、もう令和の時代だよ。タイムスリップしている訳でも無いのに……」

綾人は少し興奮気味だった。

「だから、私にも分からないって言っているでしょう」

涼子は少しふくれ顔をした。

「あの男の人、紙切れに何か書いてたわよね？」

知佳がそう言うとタロウが紙切れを差し出した。

「魂と肉体の統合。そして、その横に蛇の絵があるわね」

「そう、その蛇の絵、晩年の三島のよく話していた言葉なの。この国は緑色の蛇の呪いにかかっている、ってね」

「なんだろう、この国は緑色の蛇の呪いにかかっている、って？」

涼子は首を横に振った。三四郎は冷静だ。

「芝居にしては手が混んでいるなぁ。それにこんな芝居をする必要があるのだろうか？」

涼子は頷きながら答えた。

「これが芝居なら、次の電話の意味は何？」

涼子の問いに知佳が答える。

「アイラー的なあの電話のこと？」

「あれはきっとアイラーからよ」

涼子は断言した。

「アイラーは七月二十五日と七月二十七日にフランス、ニース近郊のサン・ポール・ド・ヴァンスでコンサートを行なっていて、それは『ラスト・レコーディング』[10]としてアルバムになっている。メンバーには彼女の恋人のメアリー・マリアがヴォーカルで入っているし、音楽として完成され、なおかつスピリチュアルなサイドも完成された奇跡のセッションなの。アイラーは十一月二十五日にニューヨーク、イースト・リヴァー[11]に溺死体となって発見される。はっきりした原因は分からなかったけど、多分、自殺だったの。フランスでのコンサートから四カ月後よ」

綾人が続けた。

「その時、日本では三島事件が起きていた」

「そう。そしてタロウさんが生まれた」

「つまり、三つの事件が発生したということになる」

三四郎は加えた。タロウはまた苦笑いをしながら片手を振った。

「でも、今は令和の時代よ。あの電話は誰かのいたずらでしょ」

涼子が腕を組んだ。

「私が取った電話はアイラーからのものだけだったけど、何か霊的な感じがしたわ。声を聞いているうちに身震いがして、電話の向こうに連れて行かれそうな気がしたの」

「つまり一九七〇年七月のサン・ポール・ド・ヴァンスがスリップしてきたということですか」

三四郎が尋ねた。

「そう、私はどちらの電話も本人たちからのものだと思う。三島由紀夫の部下とアルバート・アイラーからの。パラレルワールドって知っている？　並行時空。それとはちょっと違うかも知れないけど、似たような事を体験する事があるの。例えば、私がとても空虚な思いで、傘を差しながら雨の音だけ聞いて道を歩いていると突然、時空が入れかわるように小学校時代の私になっていたりする。そういうことってない？」

涼子は不可思議なことを言い出した。一同、首を傾げたがタロウだけは首を何度も縦に振った。

「分かるような気がします。それは気のせいではなくて、本当に時空を横切っているのかも知れません。この世のタイムラインというのは消えていくのではなく、何重にも輪になって宇宙を巻き込むように生きているということなのかと思います。そこで突然進路変更してしまう。それは不思議なことではないと思います」

「タロウさん、凄い。それってタロウさんの説なの？」

知佳が声高に言うと綾人が答えた。

「タロウさんの説が存在するとして、先程の電話はどうしてここに？」

涼子が眼鏡を押し上げた。

「タイムラインの時間軸がズレたのは確かだと思う。後はタロウさんの誕生日が十一月二十五日という運命の日だったからかな。彼らの運命は一九七〇年の十一月二十五日に向かっていた。当時、そこにタロウさんの新しい命も向かっていた。運命は魂の統合を求めているのじゃないのか、って私は思う。それは過去や現在や未来ではなく、いつもそして永遠に。だから、時間や空間を超えてタロウさんに電話がかかって来たのよ、きっと」

「魂の統合に向けて、同士の繋がりを強化しているということですね」

三四郎の解釈は同意を得たようだった。

「ただの間違い電話かも知れませんよ」

綾人の言葉が久しぶりに店内に笑いを誘った。

涼子ははっきり言った。

「店を閉めるタロウさんが新たな歳を迎える十一月二十五日にどう変化して行くかを見守られているんだわ、きっと。四カ月後に注目ね」

全員が頷いた。それぞれからお酒の注文の声が上がる。

涼子は声を上げた。

「至急魂を解放せよ！」

Jazz Detective, Ryoko Naruse's mysterious Jazz Megané diary-Libérez votre esprit immédiatement!

［エチカ12］　アルバート・アイラーと三島由紀夫

一九七〇年十一月。風が冷たく、外はだいぶ冬の様相になってきた日。中学二年生だった私が学校から帰るとテレビがかまびすしく鳴っていた。すぐに大事件だと分かった。作家で、カルチャーの大スターにもなっていた三島由紀夫が防衛庁（当時）に立て篭っているというのだ。何をしたいのかはその場ではよく分からず、ただ状況を見守ってテレビに釘付けになっていた。三島は身体を鍛えて、男らしく変身していたことは有名だったので突飛な行動だったとはいえ、この男くさい行動にはあまり違和感はなかった。私が良くお世話になっていたジャズ評論家の瀬川昌久先生が、学習院の幼稚舎から小学校、中学校、高校、そして東京大学までずっと三島の同級生で、「三島君は身体が弱くてね」と話していたことを思うと、あの肉体改造に込められた思いというのはコンプレックスも含めて、かなり複雑だったのだろう。あの事件の当日、三島は自ら命を絶った。

不思議だったのはその後、実家にあった文学全集の一冊に三島の巻があり、その中に「美徳のよろめき」が収録されていて、何気にページをめくってみたら、何やらエロい文章だったことだ。例えば女性の脚の美しさの描き方一つとってもこうだ。

「素肌のときにも緊密な絹の靴下を穿いているように見え、靴下を穿いているときには素肌のように見えるのである。もし土屋が強いて頼んだら、この脚にだけは接吻させてやってもよいと節子

は考える」（「美徳のよろめき」より）

　こんな文章を書く人があんな行動を起こすのだろうか、とその疑問は今も残る。

三島とジャズの関係はどのくらいあったのだろう。瀬川先生からは聞かせていただいたことはなかったが、「恋の都」という作品では、ジャズ・バンドとそのマネージャーが物語のベースとなっている。そこに右翼の思想が絡むという何ともアンバランスな印象なものではあったが……。

　そういえば、三島が死んだ翌日、面会を許された数少ない友人の一人に私の学生時代の友人の父親がいた。その父親は右翼思想の持ち主だったが、息子はジャズに打ち込んでいたというのもアンバランスな事実だった。

　一方、中学生だったにもかかわらず、ジャズを聴いていた私はレコードこそ持っていなかったが、アルバート・アイラーという名前は「スイングジャーナル」誌を通じて知っていた。記憶は曖昧だが、多分、三島事件の日の近辺に新聞の訃報欄で読んで、その死を知ったような気がする。もしかしたら記憶違いなのかもしれないが、新聞の訃報欄を見た覚えがあるのだ。

　イースト・リヴァーに身を投げたアイラー。きっと河はひどく冷たかったに違いない。アイラーの音楽は死人の魂を天国に送り出す。魂をしぼり出すようなテナー・サックスの音色。三島はアイラーに傾倒したことはなかったのだろうか。

　三島事件とアイラーの死亡日が同じだったという事実は、後ほど自分の中で確定していくのだが、この二人には何かしら因縁じみたものがあるのではないかという思いが、私の心にはいつもある。

三島を読む時。アイラーを聞く時。共通するのは魂の叫びなのだろうか、エロスなのだろうか。亡くなられた瀬川先生にお尋ねすれば良かった、と今となっては悔やまれる。

註

（1）新しい元号
令和。日本の元号で最も新しいもの。徳仁親王が第一二六代天皇に即位した二〇一九年（令和元年）五月一日から改元された。

（2）柏尾川
戸塚区柏尾町から藤沢市川名で境川と合流するまでの約十一キロの河川。昭和には工場の廃水が流れ込んだり、大雨で氾濫したりしていたが、今では綺麗な河となり、春には桜並木も美しい。

（3）ブッカー・リトル
一九三八年生まれのトランペッター。シカゴからニューヨークへ移った後、エリック・ドルフィーと共演するようになり、録音を残す。一九六一年六月にニューヨークのジャズ・クラブ「ファイヴ・スポット」にドルフィーと出演し、プレスティッジ・レコードに三枚の歴史的アルバムを残した。クリフォード・ブラウン系のスタイルを新しく発展させたが、一九六一年十月五日、尿毒症の合併症により二十三歳の若さで急逝した。

（4）ユーミンの高音域の声
松任谷由実、旧姓荒井由実の歌声は独特なものがあり、その天才的なシンガー・ソング・ライティングを表現する歌声は、特に高音域において、不安定な音程と切なさが相まって心を揺さぶる。

（5）青い色のカクテル
岩崎宏美がヒット曲〈思秋期〉をリリースした一九七七年に発売されたアルバム『思秋期から…男と女』に収録された曲〈ピアノ弾きが泣かせた〉で歌われる。「ブルーのお酒で唇濡らし　夢のようなあの日を思った……」。作詞は阿久悠。作曲は大野克夫。

（6）黒電話
昭和時代に大活躍した固定電話の基本型。会社では外線がゼロ発信。コードはもちろんついていて、短気な会社員はイラつくと電話を机の下に落としてコードで引っ張り上げたりしたものだった。

（7）山の上ホテル
千代田区神田駿河台にあるホテル。一九三七年に完成した本館の建物はアール・デコ調であり、一九五四年にホテルとして開業。作家の滞在や執筆のためのカンヅメに使われることが多く、そのため「文化人のホテル」として知られている。川端康成、三島由紀夫、池波正太郎らの作家が利用した。現在も営業している。

（8）サン・ポール・ド・ヴァンス
サン・ポール・ド・ヴァンスはコートダジュールの村の一つ。ニースとアンチーブの間、ニースから二十キロ、アンチーブから十七キロに位置し、多くの芸術家に愛された。画家マルク・シャガールは二十年間、この地で暮らした。

（9）トゥルース・イズ・マーチング・イン
テナー・サックス奏者、アルバート・アイラーの代表曲。『グリニッジ・ヴィレッジのアルバート・アイラー』にも収録されている。葬送行進曲のような鎮魂曲。

（10）ラスト・レコーディング
アルバート・アイラーの死の四カ月前、南フランス、サン・ポール・ド・ヴァンス、マーグ財団美術館での最後のライヴ・レコーディング。七月二十五日と二十七日の録音。

（11）イースト・リヴァー
アルバート・アイラーは一九七〇年十一月二十五日、ニューヨークのイースト・リヴァーにて死体で発見された。自殺か他殺かさえ明らかにされていなかったが、現在では自殺と推定されている。享年三十四。同年同日には三島由紀夫の割腹事件が日本では起こった。

あとがき

初めて小説のようなものを書いたのは、一九七一年、中学三年生の夏休み。松本清張の「点と線」を読んでハマっていて、よく分厚い時刻表とにらめっこをしていた頃だ。この年、ウェザー・リポートの第一作が発売になり、そのレコードが流れる光景から始まるジャズ推理小説だった。内容は稚拙なものだが、多くのジャズ・アルバムが登場してくる。なんとも生意気な中学生で、今思えば自慢したい気持ちもあるが、嫌なヤツだったな、という思いもある。そんな時代からジャズ鑑賞と文章書きはスタートしている。

三十代の頃、かなり短編小説を書いた。音楽制作が専門だったので小説が物になるほど、時間もかけておらず、未熟な作品ばかりであり、一時執筆は止めていたが、時は流れ、五十歳も半ばの頃、再び小説を書きたくなった。日本のマイナー・ジャズ・レーベル、「スリー・ブラインド・マイス（TBM）」から出ているアラン・プラスキンというアルト・サックス奏者のレコードを再び聴いたのがきっかけだった。この男、とてもミステリアス。アメリカの兵役で韓国に駐在していて、休暇で二週間だけ東京を訪問した時に、日野皓正グループや菊地雅章グループに飛び入り、演奏したのだった。彼はほぼ無名のアーティストだったが、ＴＢＭのプロデューサー藤井武氏がその二週間のあいだにレコーディングを決め、録音を強行した。そしてアランはデビュー・アルバムを残してアメリカに帰って行く。このエピソードに私は痛く心を動かされ、彼をモデルに久しぶりに小説を書きたくなった。舞台はベトナム、東京、パリ。そして、ジャズと恋物語。タイトルは「アラン・クラスキンの七日間」。今回はそれを短く再編して「明日の記憶」として掲載している。

「アラン・クラスキンの七日間」は発表するあてもなかったのだが、しばらく経ってからディスクユニオンから「ジャズ・パースペクティブ」という雑誌が発売されているのを知り、ディスクユニオンに勤務していた坂本涼子さん（現同社サムシンクール・レーベル・プロデューサー）を通じ、山本隆編集長にこの小説を売り込んでいただいたところ、掲載が決まり、短い新作ミステリーを書かせていただけることになった。以降、二〇一三年冬の第一作より二〇一八年まで年に二回に渡って計十一作を連載させていただいた。そして、十二作目は別途書き下ろした未発表作。それが今回の「ジャズメガネの事件簿」である。雑誌読み切り連載ということで、一篇の文字量はかなり短かく、レコード盤一枚で読める程度。従って、今回の書籍化にあたり、細かい説明はエッセイおよび註でフォローさせていただいた。

連載終了後、何とか書籍化出来ないものか、と思案していた中、縁あって彩流社の取締役執行役員社長の河野和憲さんと出会うことが出来た。たまさか私がアルト・サックス奏者の纐纈雅代さんと「バー・イッシー」というお店でデュオ・ライヴを行なった時に聴きに来ていただき、その時は纐纈さんにとても興味を持ったようで、急ぎ彼女の自伝を出版してしまった。それがご縁でお付き合い願うようになり、その流れで私のこの本も出版させていただくことになった。タイトルの『ジャズ・エチカ』は河野社長の命名で、哲学者スピノザの名著から借用している。スピノザが解く、人間の魂の在り方と神との関わり合いはフリー・ジャズに似ているなぁ、ということからである。哲学には疎い私だが、「魂の解放」を軸に考えると案外合点の行くところもある。キーワードは全て「魂の解放」。全頁にこのジャズの魂を感じていただければ幸いだ。

最後に書籍化にあたり、まず最初にチャンスを与えてくれたディスクユニオンの山本隆さん、坂本涼子さん、彩流社さんとの縁を取り持ってくれた纐纈雅代さん、雑誌掲載時にいつも校正をしていただいた鈴木潤さん、奏法などを参考にさせていただいたサックス奏者の小埜涼子さん、素敵な推薦文を書いてくださった坂田明さん、そして出版の決断をしていただいた彩流社の河野和憲さん、に心より感謝いたします。

二〇二二年十一月

渡辺康蔵識

初出一覧（全てDU BOOKS／株式会社ディスクユニオン）

（1）JAZZ PERSPECTIVE（vol.7） ジャズメガネの事件簿（Vol.1） p.94～102 二〇一三年
（2）JAZZ PERSPECTIVE（vol.8） ジャズメガネの事件簿（Vol.2） p.152～157 二〇一四年
（3）JAZZ PERSPECTIVE（vol.9） ジャズメガネの事件簿（Vol.3） p.146～152 二〇一四年
（4）JAZZ PERSPECTIVE（vol.10） ジャズメガネの事件簿（Vol.4） p.148～152 二〇一五年
（5）JAZZ PERSPECTIVE（vol.11） ジャズメガネの事件簿（Vol.5） p.140～144 二〇一五年
（6）JAZZ PERSPECTIVE（vol.12） ジャズメガネの事件簿（Vol.6） p.148～152 二〇一六年
（7）JAZZ PERSPECTIVE（vol.13） ジャズメガネの事件簿（Vol.7） p.148～152 二〇一六年
（8）JAZZ PERSPECTIVE（vol.14） ジャズメガネの事件簿（Vol.8） p.144～148 二〇一七年
（9）JAZZ PERSPECTIVE（vol.15） ジャズメガネの事件簿（Vol.9） p.148～152 二〇一七年
（10）JAZZ PERSPECTIVE（vol.16） ジャズメガネの事件簿（Vol.10） p.152～156 二〇一八年
（11）JAZZ PERSPECTIVE（vol.17） ジャズメガネの事件簿（Vol.11） p.152～156 二〇一八年

【著者】

渡辺康蔵
…わたなべ・こうぞう…

1957年静岡県生まれ。ジャズ・プロデューサー。静岡高校卒。早稲田大学モダンジャズ研究会出身。1980年日本コロムビア入社。ベターデイズ・レーベル宣伝、山下久美子、ザ・ルースターズ、あがた森魚らのディレクターを務め、その後、1996年ソニーミュージックに転職。ジャズ・プロデューサーとして日野皓正、ケイコ・リー、TOKUなどをプロデュース。2009年からはソニー・ミュージックダイレクトでコンピレーションの制作に携わり、2018年には当時16歳のピアニスト甲田まひるをプロデュース。2022年よりフリーランス。2022年には『ブルース・フォー・K／山本剛トリオ』(サムシンクール／ディスクユニオン)をプロデュース。またプレイヤーとして吾妻光良&ザ・スウィンギン・バッパーズにて40年以上サックスを担当。2019年にはソニーミュージックと契約、CDリリース。ライヴ公演はビルボードライブ東京、渋谷クラブクアトロ、ブルーノート東京、各種フェスなど多数。東京都認定ヘブン・アーティストとしても活動し、フリーちんどんというユニットを主宰。またソニーミュージックによるインターネット・ラジオ「今夜も大いいトークス〜センチなジャズの旅」のパーソナリティを島田奈央子とともに務める(http://www.110107.com/TBM)。2022年ジャズ入門編コレクションにして決定版全集『ジャズ大学』(ユーキャン)の監修を務め、共著に『いまなら1000円で買えるJAZZ100年の大名盤500』(DU BOOKS)等がある。

[著者近影写真：Minkyung Choi／メガネ女子のイラストレーション作成：Jam]

Sairyusha

ジャズ・エチカ　ジャズメガネの事件簿
二〇二三年一月三十日　初版第一刷
著者――渡辺康蔵
装画――渡辺康蔵
発行者――河野和憲
発行所――株式会社 彩流社
〒101-0051
東京都千代田区神田神保町3-10大行ビル6階
電話：03-3234-5931
ファックス：03-3234-5932
E-mail：sairyusha@sairyusha.co.jp
印刷――明和印刷(株)
製本――(株)村上製本所
装丁――中山銀士

ISBN978-4-7791-2850-9 C0073
http://www.sairyusha.co.jp

フィギュール彩

〔既刊〕

⑪ 壁の向こうの天使たち

越川芳明◉著

定価(本体 1800 円+税)

天使とは死者たちの声なのかもしれない。あるいは森や河や海の精霊の声なのかもしれない。「ボーダー映画」に登場する人物への共鳴。「壁」をすり抜ける知恵を見つける試み。

㊼ 誰もがみんな子どもだった

ジェリー・グリスウォルド◉著/渡邉藍衣・越川瑛理◉訳

定価(本体 1800 円+税)

優れた作家は大人になっても自身の「子ども時代」と繋がっていて大事にしているので、子どもに向かって真摯に語ることができる。大人(のため)だからこその「児童文学」入門書。

㊵ 編集ばか

坪内祐三・名田屋昭二・内藤誠◉著

定価(本体 1600 円+税)

弱冠32歳で「週刊現代」編集長に抜擢された名田屋。そして早大·木村毅ゼミ同門で東映プログラムピクチャー内藤監督。同時代的な活動を批評家·坪内氏の司会進行で語り尽くす。